mare

Allard Schröder

Der Hydrograf

Roman

Aus dem Niederländischen
von Andreas Gressmann

mare

Die Deutsche Nationalbibliothek verzeichnet
diese Publikation in der Deutschen Nationalbibliografie;
detaillierte bibliografische Daten sind im Internet
unter http://dnb.ddb.de abrufbar.

Die niederländische Originalausgabe erschien 2002
unter dem Titel *De hydrograaf* bei De Bezige Bij, Amsterdam.
Copyright: © 2002 Allard Schröder, Amsterdam

Der Verlag dankt der Niederländischen Literaturstiftung
für die Förderung der Übersetzung.

Nederlands
letterenfonds
dutch foundation
for literature

1. Auflage 2016
© 2016 by mareverlag, Hamburg
Typografie und Einband
Farnschläder & Mahlstedt, Hamburg
Schrift Apolline
Druck und Bindung CPI Clausen & Bosse, Leck
Printed in Germany
ISBN 978-3-86648-262-3
www.mare.de

1

Im Leben des Franz von Karsch-Kurwitz hat sich dem Anschein nach wenig ereignet, was heute, sechsundfünfzig Jahre nach seinem Tod, vielleicht noch erwähnenswert sein könnte. So ist es mit vielen Leben; die Leidenschaft, mit der sie gelebt wurden, bleibt meistens unbemerkt, ihre Fanfarenstöße verklingen ungehört, weshalb im Nachhinein stillschweigend angenommen wird, dass es solche auch gar nicht gegeben hat. Für die Nachkommen bleibt in der Regel nur wenig übrig: die Karteikarte im Einwohnermeldeamt, die wegen der schönen Handschrift des Beamten ins Auge fällt, sowie einige persönliche Habseligkeiten des Verstorbenen – mögen sie auch mit dem Tode des Besitzers die Bedeutung verloren haben, die sie einst für ihn hatten. Im Fall des Franz von Karsch sind es Schaukästen voll aufgespießter Schmetterlinge und eine kleine Kiste mit Instrumenten aus Messing, von denen niemand mehr weiß, wozu sie einst gedient haben könnten. Aus dem nachgelassenen Reisepass geht hervor, dass Karsch ausgedehnte Reisen unternommen hat, doch dass die letzte seinem Leben eine neue Wendung gab, lässt sich daraus nicht entnehmen, und ebenso wenig, dass die kleinen, unbedeutenden Vorfälle, welche den Anlass dazu gegeben haben, sich später zu den Chimären auswachsen würden, die Karsch bis zu seinem Todestag verfolgen sollten. Seine Hinterlassenschaften haben ihn daher auch nicht zu einer tragischen Figur gemacht, dafür hätte er im Übrigen auch kein Talent gehabt – auch als ironische Figur erscheint er nicht, weil er wie so viele seiner Zeit schon zu einer Stimme im Chor derer geworden war, die weder tragisch noch ironisch sind. Wenn Sie erlauben, werde ich versuchen, diese Stimme zum Leben zu erwecken und für Sie erklingen zu lassen – nicht im Chor, sondern solo.

2

Als der Viermaster *Posen* am 15. April des Jahres 1913, zwei Tage nach dem Ablegen aus seinem Heimathafen Hamburg, den Kanal hinter sich ließ und mit dem Ziel Valparaíso Kurs auf Süden nahm, herrschte als Folge eines ausgedehnten Hochdruckgebiets über Westeuropa ruhiges Frühjahrswetter. Ein schwacher, zuweilen abflauender Wind sorgte ab und zu für ein leichtes Flattern der Segel, und kleine Wellen klatschten bockig gegen die Bordwand. So lustlos gab sich das Meer, dass Franz von Karsch, der sich ohne Reiseziel eingeschifft hatte, vielmehr mitfuhr, um wissenschaftliche Beobachtungen vorzunehmen, seine Kamera und seine Messinstrumente in seiner Kabine gelassen hatte, als er auf der Höhe von Brest nach einem Mittagsschläfchen mit leichtem Kopfschmerz an Deck ging. Das helle Sonnenlicht blendete ihn, wodurch sich das unerwartete Gefühl von Verlassenheit, mit dem er aufgewacht war, noch verstärkte. Als er die Augen aufgeschlagen hatte, wusste er nicht, wo er war, hatte kurz sogar geglaubt, die Schiffskabine gehöre zu einem alten, unangenehmen Traum, an dessen Einzelheiten er sich inzwischen schon nicht mehr erinnern könne. Als ihm dann klar geworden war, wo er sich befand, war er merkwürdigerweise einen Augenblick lang enttäuscht gewesen, als seien seine Träume ihm lieber gewesen als die Wirklichkeit, doch zugleich hatte er sich auch keinen Ort vorstellen können, an dem er gerade wirklich gern gewesen wäre. Minutenlang war er liegen geblieben, unfähig, sich zu erheben, bis er sich abrupt aus seiner Lähmung befreite, indem er sich auf die Seite drehte und aus dem Bett wälzte.

Einer seiner beiden Mitreisenden lehnte an der Reling und betrachtete den Horizont. Mechanisch und ohne jedes Anzeichen von Genuss zog er an einer dünnen Zigarre, als sei Rauchen keine Sucht, sondern Arbeit. Bei einer früheren Gelegenheit hatte er sich als Amilcar Moser vorgestellt, aus Triest stammend, wo er, wie er gleich hinzufügte, auch seine Jugendzeit zugebracht habe. Er arbeite als Einkäufer für eine Hamburger Salpeterfirma und befinde sich auf einer Geschäftsreise nach Chile.

Auf die Frage nach seinem Reiseziel hatte Karsch nach kurzem Zögern geantwortet, er habe keins. Der Salpeterhändler hatte ihm erst geglaubt, als ihm Karsch mit knappen Worten erläutert hatte, dass er sich an Bord befinde, um wissenschaftliche Beobachtungen vorzunehmen und Daten zu sammeln. Er wolle Seegang, Wind und Wogen messen und Strömungen untersuchen.

Ungläubig schaute Moser auf die behäbig schäumende See und wollte wissen, was es denn in aller Welt an diesem eintönigen Hin und Her der unzähligen, sich alle bis aufs Haar gleichenden Wellen zu untersuchen gebe.

Karsch hätte ihm erklären können, dass es ihm darum zu tun sei, die Gesetzmäßigkeiten von Seegang und Wellenbewegung zu analysieren und mithilfe mathematischer Modelle zu beschreiben, doch stattdessen lächelte er nur entschuldigend und hoffte, dass Moser nicht weiterfragen würde.

»Nun, ein Meervermesser ist mal was anderes als ein Landvermesser.« Moser hielt das offenbar für eine gelungene Pointe. Zumindest lachte er geräuschlos, mit aufgesperrtem Mund, in dem eine schlanke, nach hinten breiter werdende Zunge frei zu schweben schien.

Unwillkürlich trat er einen Schritt zurück und wollte weggehen, doch Moser hielt ihn auf.

»Dann können Sie mir natürlich auch erklären, was dies für eine Art von Seegang ist«, sagte er, indem er auf die kleinen Wogen deutete, die sich mit bedächtiger Regelmäßigkeit hoben und wieder senkten.

»Drei bis vier«, antwortete Karsch automatisch. Und als der andere ihn fragend ansah: »In der Hydrografie wird der Seegang auf einer Skala von null bis neun angegeben. Null bedeutet vollkommen glatte See. Neun ist das Maximum: Orkanstärke, Wellen hoch wie Berge.«

Moser warf seinen Zigarrenstummel über die Reling. »Drei bis vier also. Gut zu wissen.«

»Wissen Sie, was die Trochoidentheorie besagt?«, fragte Karsch etwas steif, sehr wohl wissend, dass sein Gegenüber noch nie davon gehört hatte. »Nein, natürlich nicht, warum sollten Sie«, fuhr er fort, ohne eine Antwort abzuwarten. »Diese Theorie liefert eine Erklärung für die Beziehungen zwischen den einzelnen Elementen der Wellenbewegung.« In seiner Stimme schwang ein müder Unterton mit. Er ärgerte sich, weil er sich doch noch hatte hinreißen lassen, einem grinsenden Laien gegenüber Rede und Antwort über seine Untersuchungen zu stehen.

»Die Wissenschaft hat eine Formel aufgestellt, mit der die Dynamik der Wellenbewegung unter verschiedenen Bedingungen beschrieben werden kann. Mein Ziel ist es, mithilfe meiner Beobachtungen den Nachweis zu erbringen, dass diese Theorie richtig ist.«

Karsch machte eine Pause. »Verstehen Sie?«, fragte er sarkastisch, in der Hoffnung, Moser ausreichend eingeschüchtert zu haben, damit dieser nicht weiter nachfragte. Später würde er dasselbe noch einmal dem anderen Passagier erklären müssen, der sich als Ernst Todtleben aus Halle vorgestellt hatte, denn auch der würde ihn früher oder später mit seinen Instrumenten an Deck antreffen.

Moser blickte aufs Meer, als sehe er es zum ersten Mal. Eine Zeit lang verfolgte er die Bewegungen der Wellen, wobei er im Takt der Dünung leicht mit dem Kopf nickte. Schließlich zuckte er verständnislos die Schultern. Ihm war nichts Besonderes aufgefallen.

Karsch hätte den Mann am liebsten einfach stehen lassen, doch er beschloss, ihn lieber nicht vor den Kopf zu stoßen. Die Reise nach Valparaíso könnte unter widrigen Umständen länger als drei Monate dauern, und für die Stimmung an Bord war es besser, wenn man sich vertrug.

»Alles, was sich vor Ihren Augen abspielt, gehorcht den Gesetzen der Physik«, erklärte er dem Salpeterhändler, wobei ihm die eigene Stimme pedantisch vorkam. »Es ist theoretisch sogar denkbar, dass alle Bewegungen des Meeres mit einer einzigen allumfassenden Formel beschrieben werden könnten, aber so weit sind wir noch nicht.«

Moser wollte wissen, wozu das gut sein sollte.

Karsch zuckte verärgert die Achseln. »Um es zu wissen.«

Moser war enttäuscht. »Mehr nicht?«

Nein, nicht mehr, als »es zu wissen«. Diese Antwort war korrekt, diese noble abwehrende Phrase verlieh aller Wissenschaft ihren Sinn. In Wirklichkeit gab es – abgesehen von den schulmeisterlichen Pedanten – nur wenige, die sich tatsächlich mit diesem Anspruch begnügten. In ihren Köpfen schlummerten andere Antworten, Visionen eines kosmischen Uhrwerks, des stillen, leeren Unendlichen – auch wenn man diese Wörter untereinander austauschen konnte –, der lenkenden Hand Gottes des Schöpfers, oder gar noch mystischere Träume von Untergang und Auferstehung der Welt, alles Visionen, die sie niemals der Öffentlichkeit preisgeben würden. Ihren Glauben oder ihren Nihilismus behielten sie lieber für sich.

»Vielleicht werden wir eines Tages voraussagen können, dass zum Beispiel am 14. Juni 1946 auf der Höhe der Galapagosinseln schwerer Seegang herrschen wird, den Schiffe besser meiden sollten«, antwortete Karsch. Mit so etwas konnte man wenigstens den Utilitaristen abschütteln.

»Ah. Und das ist Ihr Lebenswerk?«

Karsch tat, als habe er den spöttischen Unterton nicht bemerkt. Zu seinem eigenen Erstaunen verzichtete er auch auf eine weitere Verteidigung seines wissenschaftlichen Interesses, obwohl er es eigentlich schlecht ertrug, wenn ein Außenstehender nur das Nutzlose darin erkennen konnte. Warum reagierte er überhaupt so gleichgültig auf Mosers Ironie, und warum fiel ihm keine bessere Antwort ein als ein dümmliches Auflachen?

Mit zusammengekniffenen Augen suchte er die See ab, als ließe sich dort eine Stütze für seine Unsicherheit finden, ein Zeichen dafür, dass er nicht aufgeben durfte, weil einst der Tag kommen werde, an dem er in den Geheimnissen ihrer Tiefen würde lesen können wie in einem Buch, doch er sah nichts.

3

Die Reise stand von Anfang an unter keinem guten Stern. Karsch bereitete seine Forschungen für gewöhnlich gründlich vor, doch diesmal hatte er sich ganz gegen seine Gewohnheit Hals über Kopf und ohne einen bestimmten Plan auf der *Posen* eingeschifft. Absprachen mit dem Institutsdirektor, Formulieren von Forschungszielen, Anschreiben von wissenschaftlichen Zeitschriften – all diese Dinge hatte er diesmal unterlassen. Am Tage vor der Abfahrt hatte er kurz überlegt, seine Reise zu verschieben und vielleicht später mit einem anderen Schiff zu fahren, doch die Aussicht, vielleicht noch einen weiteren Monat an Land verbringen zu müssen, hatte ihn zu dieser selbst für ihn unerwartet kommenden Entscheidung bewogen. Erst als Hamburg allmählich am Horizont verschwand, war er bereit, sich einzugestehen, dass seine überhastete Abreise eine Flucht gewesen war.

4

Das regelmäßige Leben, welches Franz von Karsch als Privatdozent am Ozeanographischen Institut führte, war ihm im Lauf der Jahre immer träger vorgekommen, sodass die Zeit nach seinem Gefühl immer schneller zu vergehen schien, als fahre er mit dem Fahrrad einen Abhang hinunter und sause, ohne in die Pedale treten zu müssen, in rasender Fahrt in die

Tiefe, dem Tal entgegen. Eines Tages, als er sich gerade in seine Arbeit vertieft hatte, war er, von plötzlicher Angst gepackt, von seinem Schreibtisch aufgesprungen und danach unentschlossen stehen geblieben. Er spürte sein Herz heftig pochen, die Zeit rauschte und rann wie Sand durch seine Finger.

Als er sich wieder gesetzt hatte, verspürte er einen fauligen Geschmack im Mund. In den Tagen danach war es ihm nicht besser ergangen. Stundenlang hatte er in unheimlichem Nichtstun vor sich hin gestarrt und gehofft, dass jemand käme, um mit ihm zu sprechen und ihn aus seiner Betäubung zu befreien.

Niemand war gekommen. Hatte er nicht immer darauf bestanden, nicht gestört zu werden?

Er floh von seiner Arbeit in seine Wohnung, nur um dort den restlichen Tag lustlos auf und ab zu wandern. Hin und wieder blieb er stehen und betrachtete die Fotos aus seiner Jugend in Pommern, die er damals aufgehängt hatte, um etwas Vertrautes um sich zu haben. Doch auch sie vermochten ihn nicht aus seinen trüben Gedanken zu reißen. Einsame Flure und Zimmer, in denen sich niemand aufhielt, das lustlose Geklimper seiner Mutter auf dem Flügel im Salon, der Duft ihres Parfüms, das dort verwaist zurückblieb, wenn sie sich in ihre Gemächer zurückgezogen hatte, die schweigende, geschlossene Zimmertür seines Vaters.

Er wandte sich dem Bücherregal zu. Ohne darin zu lesen, starrte er in seine Reiseberichte und langweilte sich. Mit zweiunddreißig Jahren war er bereits zu einem Mann geworden, dessen Erinnerungen interessanter waren als seine Perspektiven.

Die anhaltende Stagnation ließ ihn schwermütig werden. Vielleicht sollte er sich um Ablenkung bemühen. All die quälend langen Tage voller Müßiggang hätte er mit Konzerten füllen können, mit Verwandtenbesuchen oder notfalls auch mit einer sportlichen Betätigung, in einem Schützenverein, zum Beispiel.

Aber er unternahm nichts.

Nachdem er einen Abend im Verein für Handel und Schiffahrt im Kreise vor sich hin dösender Kollegen verbracht hatte, bekam er Atembeschwerden und ließ sich fortan nicht mehr blicken. Wenig später gewöhnte er sich an, nach der Arbeit nicht mehr schnurstracks nach Hause zu gehen, sondern in der Stadt zu verweilen. In den Kneipen blätterte er die Abendzeitungen durch oder schaute mit leerem Blick auf die Lampen und machte Bekanntschaft mit anderen, die aus demselben Grund das Gasthaus besuchten. Er trank ein Glas Bier mit ihnen, und sie plauderten über Dinge, die sie in der Zeitung gelesen hatten. Als man sich eines Tages beiläufig bei ihm erkundigte, was er eigentlich beruflich mache, antwortete er, dass er Physiker sei, womit er zwar nicht log, aber auch nicht ganz die Wahrheit sagte. Darum ging er an jenem Abend in schlechter Stimmung nach Hause und grübelte darüber nach, warum er sich nicht offen zu seinem eigentlichen Interessengebiet bekannt hatte. Weil er sich nicht ein weiteres Mal in diese Verlegenheit bringen wollte, mied er die Kneipe und blieb notgedrungen wieder zu Hause, wo er mit den Händen auf dem Rücken im Zimmer auf und ab ging, Fotos in die Hand nahm, sie mit einer Art Verwunderung betrachtete und wieder zurückstellte.

Befremdet, als begreife er nicht, was das mit ihm zu tun habe, betrachtete er immer wieder das kleine Bild von Agnes Saënz, das er in den Rahmen eines Spiegels gesteckt hatte. Die Aufnahme war erst kürzlich gemacht worden. Sie zeigte ein scheues Mädchen mit glattem, dunkelblondem Haar und einem spitzen Gesicht, das in seiner Jugend von den Pocken entstellt worden war. Vielleicht hatte die Natur sie so früh hässlich werden lassen, um auf diese Weise einen Grund für ihre spätere Schüchternheit zu liefern. Möglicherweise war es auch umgekehrt. Eigentlich wusste Karsch recht wenig über sie. Sie las französische Romane in geschmackvoll illustrierten Luxusausgaben und spielte Klavier, wenn auch mit wenig Selbstvertrauen. Sie schlug die Tasten so zaghaft an, als schäme sie sich für das damit verbundene Geräusch, mit dem sie überdies und zu ihrem Schrecken die allgemeine Aufmerksamkeit auf sich zog, denn die Höflichkeit gebot es, dass man den Mund hielt und zuhörte, wenn gespielt wurde.

Mit größter Wahrscheinlichkeit würde Karsch sie heiraten. So hatten es ihre Familien vereinbart, und er hatte sich bis heute nicht dagegen gewehrt, obwohl er durchaus die Absicht gehabt hatte, dies zu tun. Auf die eine oder andere Art ließ ihn die Angelegenheit ungerührt, und er hatte sich nicht dazu durchringen können; vielleicht auch, weil Agnes sich in Gesellschaft seiner Familie nie ganz wohl in ihrer Haut zu fühlen schien und er sie nicht hatte verletzen wollen. Als die Heirat zum ersten Mal vorsichtig zur Sprache gebracht worden war, hatte er hilflos nach draußen geschaut. Das Einzige, woran er sich von diesem Nachmittag erinnern konnte, war das Wetter, das damals geherrscht hatte. *Zunehmende Schleierbewölkung, feucht und zu warm für die Jahreszeit.*

Bei der folgenden Begegnung hatten Agnes Saënz und Karsch einander aus den Augenwinkeln beobachtet, um dann den Blick hastig wieder abzuwenden, unangenehm berührt durch die Fragen, die sie sich dabei gestellt hatten. Wie würde es sein, wenn ich mit ihm oder ihr … Er hatte damals auch versucht, sich ihre schmächtige Brust vorzustellen, die in einem hochgeschlossenen Leibchen mit unzähligen Knöpfen dem Blick entzogen war, unerreichbar für die Liebe.

Man schickte sie auf einen Spaziergang nach draußen. Karsch sollte ihr das Gut zeigen, damit sie sich schon etwas … Nun, man wolle den Geschehnissen nicht vorgreifen. Unterwegs hatte sie sich entschuldigt, weil sie ihm vielleicht zur Last falle, vielleicht hätte er seine Zeit besser nutzen können, als mit ihr über die Wiesen zu wandeln. Er versicherte ihr, dass er nichts lieber täte. Unterwegs war eine ältere Bäuerin vor ihnen auf den Wegrand ausgewichen, um sie vorbeizulassen. Dabei hatte sie ihr Gleichgewicht verloren und war mit ihrem Korb voller Äpfel auf den matschigen Boden gestürzt. Ohne zu zögern, hatte sich Agnes Saënz gebückt, um ihr dabei zu helfen, die Äpfel wieder einzusammeln. Das Kinn emporgereckt, die Hände auf dem Rücken verschränkt, hatte Karsch zugesehen, wie sie vornübergebeugt den Korb der Frau füllte, die über ihr Missgeschick jammerte und den jungen Herrn bat, er möge ihr verzeihen. Was sollte er tun? *Immer Haltung bewahren, mein Junge!* Er hätte auch einen Apfel in den Korb zurücklegen können als Zeichen seines guten Willens. Im selben Augenblick hatte sich Agnes Saënz gebückt, um einen Apfel aufzulesen, der zwischen seine Füße gerollt war. Karsch hatte sich unbehaglich gefühlt, weil er dabei auf sie hinunterblicken musste. Am liebsten wäre er weitergegangen, doch er musste warten, bis sie den Schmutz von den Kleidern der Alten geklopft hatte. Auf dem Rückweg fragte er zynisch, ob sie jetzt bei dem Weib einen Wunsch frei hätte. Schweigend wandte sie ihr Gesicht ab. Um seine Grobheit wiedergutzumachen, zeigte er ihr noch ein paar Wiesen und führte sie an einen Rübenacker, doch es half alles nichts.

Als er nach Hamburg zurückgekehrt war, hatte Karsch sich

einzureden versucht, dass es ihm schon gelingen werde, sich auf die eine oder andere Weise wieder aus der Verbindung zu lösen, doch so ganz hatte ihn der Gedanke nicht losgelassen, dass es bereits ausgemachte Sache sei, dass er sein Leben als Ehemann an der Seite von Agnes Saënz verbringen werde. Und bei dieser Aussicht hatte ihn plötzlich eine solche Beklommenheit überfallen, dass er ihr Bild aus dem Spiegelrahmen entfernt und in eine Schublade gelegt hatte.

Am Tag darauf hatte er durch Zufall erfahren, dass die *Posen* in zwei Tagen in Richtung Valparaíso auslaufen würde.

5

Ernst Todtleben besaß langes, leicht krauses Haar, das ihm bis in den Nacken reichte, und einen Kopf, der wohl für jeden Körper zu groß gewesen wäre, ganz bestimmt jedoch für jemanden von so langer, hagerer Statur wie ihn. Meistens saß er auf einem Deckstuhl und las mit einem entrückten Lächeln in einem gelben Buch, oder er verfolgte die akrobatischen Sturzflüge der Möwen.

Moser hatte schon eine Stunde nach dem Ablegen herausgefunden, dass Todtleben einen Posten als Lehrer für Sprachen und Geschichte des klassischen Altertums am Deutschen Gymnasium in Santiago de Chile angenommen hatte.

Nachdem Todtleben eine Zeit lang schweigend zugesehen hatte, wie Karsch seine Messungen vornahm, ging er auf ihn zu und erklärte ohne jegliche Umschweife, dass er das Meer verabscheue. Nachts liege er wegen des nervtötenden Klatschens der Wellen gegen den Schiffsrumpf wach, tags an Deck werde ihm übel von der Dünung und der geistlosen, ewig in sich selbst versunkenen, unermesslichen Ausdehnung um ihn herum. Leere Flächen weckten bei ihm ein Gefühl der Unruhe, an Land jage ihm bereits ein Horizont ohne Turmspitze Angst ein. Wenn er auf das Meer blicke und ihn wieder Schwindel überkomme, hoffe er stets, dass aus dem Dunst am Horizont plötzlich die Inseln der Glückseligen auftauchten, um ihm wenigstens eine Ahnung von festem Boden unter den Füßen zu vermitteln.

Danach kehrte er zu seinem Deckstuhl und seinem Buch zurück.

Auch während des Essens, das er hastig und über den Teller gebeugt in sich hineinschlang, sagte Todtleben meistens wenig, er überließ Moser das Wort, der mit Kapitän Paulsen oder dem Ersten Offizier über ihr Vorankommen an diesem Tag sprach und die Position der *Posen* in einem Notizbuch festhielt. Ob es gerade passte oder nicht, stets aber mit einem gewissen Stolz, erklärte der Salpeterhändler, dass er ein Mann der Tatsachen sei. Von jeder seiner früheren Reisen nach Chile bewahre er ein solches Notizbuch auf. Mit deren Hilfe könne er genau bestimmen, wo und auf welcher Höhe er an einem bestimmten Tag gewesen sei. Es handle sich um einen bedeutsamen Besitz, und er erwäge daher, sie in Leder einbinden zu lassen. Als er die amüsierte Miene Todtlebens bemerkte, fuhr er ihn an und schnaubte, sein arrogantes Lächeln sei hier fehl am Platz. Vielleicht habe Todtleben es noch nicht bemerkt, aber sie lebten in einer Welt, in der es in zunehmendem Maße um Tatsachen und nichts als Tatsachen gehe und schon lange nicht mehr um diese angeblich gehobenen Haarspaltereien, mit denen Todtleben sich beschäftige. Bald werde eine Zeit anbrechen, in der alle Menschen genauso dächten wie er, Moser, und dann würden die Todtlebens dieser Welt dumm aus der Wäsche schauen mit ihrem süffisanten Lächeln.

Er rückte an die Kante seines Stuhls vor. »Tatsachen und nichts als Tatsachen, Todtleben. Das ist die Zukunft. Alles wird sich verändern, alles wird sich in eine ganz neue Richtung entwickeln. In hundert Jahren wird der Mensch den überflüssigen Ballast der Vergangenheit von seinen Schultern abgeworfen haben und selbst zu einer Tatsache geworden sein. Fragen Sie doch Karsch, das ist ein Mann der Wissenschaft.«

Karsch blickte nach draußen, wo seine »Tatsachen« ruhig auf und ab wogten und ihre Gestalt sogleich wieder verloren, sobald sie sich auch nur halbwegs gebildet hatte.

Todtleben lächelte selbstsicher. Sein verträumter Blick richtete sich auf einen Punkt über dem Kopf des Salpeterhändlers.

»Verändern? Es wird sich nie etwas verändern, Moser. Alles wird ewig dasselbe bleiben, weil alle scheinbaren Veränderungen nichts anderes sind als Manifestationen des Einen Großen Unveränderlichen Seins.« Er sprach langsam und betonte dabei jedes einzelne Wort.

»Demnach gibt es nichts Neues unter der Sonne.« Etwas hilflos durchbrach Karsch die Stille, ihm war in diesem Moment nichts Besseres eingefallen.

Nun jedoch setzte Todtleben zu einer längeren Rede an. Er ließ den Blick schweifen, um sich zu vergewissern, dass auch jeder zuhörte, und erklärte, das Neue ziehe nur deshalb so viel Aufmerksamkeit auf sich, weil es schon bei seiner Geburt nicht mehr wisse, woher es gekommen und warum es auf der Welt sei. Es täte ihm leid, aber er müsse feststellen, dass es nur ein unbedeutendes Strohfeuer sei, verglichen mit jener Kraft, die ewig und unveränderlich alles durchdringe. Hier auf Erden und droben inmitten der Sterne. Niemand könne ihr entkommen, jedermann sei ihr unterworfen. Er wandte sich Karsch zu. Sogar das Meer. Träumerisch blickte er in die Runde. Nein, die Welt werde nicht von Mosers Tatsachen regiert, sondern von einem übersinnlichen Eros, der sich dem einfachen irdischen Verständnis von Gut und Böse entziehe. Dieser sei rein, daher gleichgültig. Alles drehe sich um Ihn, nicht um Mosers Tatsachen. Nein, was über uns herrsche, sei Sein ehernes Gesetz, mit dem Er die Menschheit fortwährend vorantreibe, sie anspornte.

Immer eindringlicher und schärfer klang seine Stimme. Niemand sagte etwas, der Zweite Offizier war irgendwann aufgestanden und hinausgegangen – er war ein frommer Mensch –, Kapitän Paulsen löffelte geräuschvoll seinen Teller leer.

Moser hatte eingeschüchtert die ganze Zeit über seinen Mund gehalten. Die Leichtigkeit, mit der Todtleben diese gehobenen Dinge anschnitt und große Worte in den Mund nahm, als könne er all ihre Dunkelheiten ergründen, machte ihn unsicher – als Kaufmann war er so etwas nicht gewohnt. Er war am Tisch schon bei früheren Gelegenheiten verstummt, weil er sich in Todtlebens unergründlichen Gedankengängen nicht mehr zurechtgefunden hatte. Was ihn im Nachhinein – so hatte er zugegeben – dabei immer am meisten geärgert habe, sei der unerwartete Aufruhr unter den verborgenen Überbleibseln seines ehemaligen Glaubens, den er dabei an sich selbst wahrgenommen habe. Als er in jungen Jahren die Wahrheiten der Kirche gegen die Welt der Tatsachen eintauschte, habe er mit seinem Sinn für das Praktische die alten Lehrsätze nicht weggeworfen, sondern auf dem Dachboden seines Geistes deponiert, als mögliche Lebensversicherung, für die keine Prämie mehr gezahlt werden müsse. Jetzt hätten sie sich wieder gerührt und Todtleben am liebsten mit ihren Doktrinen zum Schweigen gebracht. Das habe ihm zu schaffen gemacht, als einem Mann der Tatsachen.

6

Sie liefen Lissabon an, wo die *Posen* in der Mündung des Tejo vor Anker ging. Karsch ließ sich an Land rudern, um den einen Tag, den sie dort bleiben sollten, in der Stadt zu verbringen. Auf dem Fallreep war ihm Moser nachgestiegen. Ohne Widerspruch zu dulden, hatte er angekündigt, Karsch an diesem Tag Gesellschaft leisten zu wollen, vier Augen sähen schließlich mehr als zwei, außerdem beherrsche er das Portugiesische ganz leidlich, was ihnen zum Vorteil gereichen werde.

Karsch hatte eingewilligt. Eigentlich hatte er ohne festes Ziel in der Stadt herumlaufen wollen, doch Moser hatte einen Baedeker aus der Manteltasche gezogen und las bei jeder Sehenswürdigkeit, die auf seinem Programm stand, laut die Beschreibungen aus dem Reiseführer vor. Als sie bei einer Kirche anlangten, deren Besuch empfohlen wurde, wollte er sie unbedingt betreten.

Karsch zögerte.

»Worauf warten Sie?«

Karsch zuckte die Achseln. »Ich bin nicht katholisch«, antwortete er, um der Sache zu entkommen.

»Ich auch nicht. Aber Sie befürchten doch nicht etwa, sich anzustecken, wenn Sie dort hineingehen?«

Karsch schüttelte den Kopf. Glauben, das war für ihn die

Prozession der Bauern und Pächter, die an hohen Feiertagen kamen, um dem Herrn Grafen mit der Mütze in der Hand ihre Aufwartung zu machen, das bedeutete Tage andauernde Festessen an Ostern und Weihnachten und den Besuch des Pfarrers, der seine warme Hand segnend auf den Kopf des jungen Franz legte, sich zu ihm hinunterbeugte und ihm etwas Unverständliches zuflüsterte. Dem Jungen ekelte vor den weichen, feuchten Fingern, die ihn auf die Knie zu zwingen schienen, damit er ein Leben voller Bescheidenheit und geistiger Demut führe, und die nicht zulassen wollten, dass er all dem jemals entkommen könnte. Ginge es nach diesen Fingern, bliebe er für immer ein Kind. *Nicht wahr, mein Sohn?* Weil seine Eltern und der Rest der Familie zusahen, wartete er geduldig, bis der Pfarrer seine Hand wieder zurückzog; niemals wäre ihm in den Sinn gekommen, aus eigenem Antrieb aufzustehen. So etwas hatte man ihm nicht beigebracht. Tagein, tagaus wurde ihm eingetrichtert, dass er niemals die Selbstbeherrschung verlieren dürfe.

Immer Haltung bewahren, mein Junge!

Solange er sich entsinnen konnte, hatte er der Welt eine ungerührte Außenseite zugekehrt. Das Leben war nun einmal ein Ritual, das bis zum Tod ausgeführt werden musste. Jeder, der später mit Karsch Bekanntschaft machte, stieß auf diese Mauer des Wohlerzogenseins, die er im Lauf der Jahre rings um sich hochgezogen hatte. Ob es sich dabei um eine Wehrmauer oder um eine Gefängnismauer handelte, war nicht mehr auszumachen, auch nicht für ihn selbst. In jedem Fall hatte das Leben aus Franz von Karsch einen Konformisten gemacht, der sich in nichts von seiner Umgebung unterschied. Selbst wenn er gewollt hätte, hätte er es nicht gekonnt. Sogar sein Äußeres war davon betroffen, sein Gesicht vergaß man leicht. Das einzig

Außergewöhnliche an ihm waren seine fast weiblichen Hände, schlank und bleich, mit dünnen Fingerspitzen. Es hätten die nach Rosenöl duftenden Hände eines verstorbenen Prälaten sein können, allein schon deshalb, weil sie schneller gealtert zu sein schienen als der Rest seines Körpers. Am rechten Ringfinger trug er den Ring mit dem in schwarzem Stein geschnittenen Siegel des Geschlechts Karsch-Kurwitz, der an seiner feingliedrigen Hand noch größer und schwerer wirkte, als er ohnehin schon war.

Während Moser ihm dienstfertig die Tür aufhielt, verkündete der Salpeterhändler ungefragt, dass er mit Vorliebe Kirchen aufsuche, selbst wenn der Baedeker dies nicht vorschreibe. Im Innern sei es immer kühl und still, wie auf einem hohen Berggipfel.

Der Vergleich störte Karsch, vielleicht, weil er aus dem Munde eines Salpeterhändlers kam.

»Oder in der Tiefe des Ozeans«, brummte er mürrisch, bereute seine Bemerkung jedoch sofort wieder.

»Sie und Ihr Meer. Glauben Sie denn an nichts anderes?« Mosers Stimme tönte durch die Kirche.

Gereizt durch Mosers lautstarkes Reden, das durch den Widerhall in allen Ecken des Raums noch verstärkt wurde, schüttelte Karsch den Kopf. Scharf, jedoch ohne die Stimme zu erheben, erwiderte er: »Das Meer ist eine physikalisch erklärbare Naturerscheinung, ein Gott ist das nicht, will mir scheinen. Ein Theologe kann niemals den Ehrgeiz besitzen, eine Formel für das Verhalten seines Herrn zu finden. Ich für das Meer hingegen schon.«

Moser grinste. »Aber *ist* letztlich das Meer nicht Ihr Gott?«

Das letzte Wort hallte durch die Kirche, als rennte es in panischer Angst an den Wänden und Fenstern entlang, auf der Suche nach einer Öffnung, durch die es endlich dem Ort entfliehen könnte, in dem es sich eingeschlossen fühlte. Unruhig sah sich Karsch um, er sehnte sich zurück ins Freie. Die Stille, die klamme Kälte, die von den alten Grabstätten aufstieg, die Abwesenheit von Straßenlärm, das ferne, fast unhörbare Rauschen des Windes und, wenn man genau hinhörte, auch des Meeres machten dies zu einem Ort, an dem kein Leben gedieh. Zu Karschs Erleichterung wollte Moser den Turm besteigen, von dessen Höhe der Baedeker ihm einen weiten Ausblick versprach. Karsch folgte ihm.

7

Unter ihnen lag die Stadt mit dem Fluss, silbern überglänzt vom Licht des späten Nachmittags. Unter den Silhouetten der Schiffe, die sich dunkel gegen das Glitzern der unzähligen kleinen Wellen abzeichneten, suchte Karsch die *Posen*, die irgendwo dort in der Ferne vor Anker liegen musste. Als er das Schiff gefunden hatte, bemerkte er auch ein Ruderboot mit einem Passagier an Bord – nicht mehr als ein kleiner schwarzer Fleck in der Ferne –, das auf das Fallreep der *Posen* zusteuerte. Während er in die Ferne starrte, auf die gleißende Wasserfläche und die dunklen Windstöße, die darüber hinwegjagten, kam ihm mit einem Mal in den Sinn, wie wenig vertraut ihm das Meer immer noch war, nach all den Jahren des Forschens. All diese glitzernden kleinen Wellen bildeten die Glieder eines undurchdringlichen Kettenhemdes, eines Panzers aus Quecksilber, das allenfalls für Syphiliskranke ein Heilmittel war, für jeden anderen hingegen Gift. Es war nicht mehr als die blendende Außenseite, die das unergründliche Innere des Meeres schützte, denn hinter all diesem reflektierten Licht verbarg sich nichts als Finsternis. Es war nur blau, weil der Himmel blau war, und grau, weil die Wolken grau waren ... Resigniert fragte er sich, warum er all das mit solchem Eifer in einem Netz aus Formeln einfangen wollte, wenn das Wasser doch fortwährend ungehindert durch die Maschen floss.

Sein Auflachen hatte etwas Hilfloses.

Moser sah ihn erstaunt an. »Gibt es etwas zu lachen?«

»Eigentlich nicht.«

Später, als sie auf der Terrasse einer Hafenkneipe darauf warteten, zur *Posen* zurückgerudert zu werden – sie sollten noch an diesem Abend wieder auslaufen –, fragte er sich, warum er sich nie heimisch gefühlt hatte auf der schwermütigen pommerschen Erde, die auch im Sommer, wenn es heiß und trocken war, ein wenig faulig roch. Dünner Nebel trug diesen Dunst dann am Abend über die sanft gewellten Felder in die Dörfer und Städte, wo er in den Straßen hängen blieb und einem den Kopf schwer machte. Und doch konnte dies unmöglich der Grund dafür gewesen sein, dass es ihn zum Meer hingezogen hatte, denn erst viel später hatte er die Schwermütigkeit in der welligen Landschaft bemerkt und festgestellt, dass sie einer versteinerten Dünung ähnelte und die graue Erde, die zwischen den Fingern zerkrümelte, totem Wasser.

Sein Leben hatte oft einer Flucht geglichen. Nicht vor etwas, sondern zu etwas. Er suchte ein Refugium, ein Asyl, einen stillen, weiblich duftenden Ort, an dem sich alles in seiner regungslosen Herrlichkeit zeigte. Bis dahin war ihm dieser Ort lediglich in einem wiederkehrenden Traum erschienen, als eine tropische Insel im blauen Dunst der Ferne, wo einst Jim Hawkins und Robinson Crusoe Gold und Glück gefunden hatten. Um sie zu finden, hatte er sich für das Meer entscheiden müssen.

Er hätte auch auf das Schlachtfeld gehen und auf den einen Schuss warten können, der ihn an einem nebligen Herbstmorgen getroffen hätte. Aber das war nun ausgeschlossen. Nicht dass er zu alt gewesen wäre, um zu dienen, es gab andere Gründe, an die er nicht gern erinnert wurde.

Um den Gedanken an sie zu vertreiben, dachte Karsch an jenen Sommer, als er mit fünf Jahren zum ersten Mal an die See gefahren war. Einen Monat zuvor war er krank geworden. Es hatte mit einem lästigen Ausschlag begonnen, der sich nach und nach über seinen ganzen Körper ausgebreitet hatte. Später bildeten sich Schwellungen auf seiner entzündeten Haut, die unerträglich juckten. Er konnte kaum noch laufen, und seine Augenlider waren so geschwollen, dass er fast nichts mehr sehen konnte. Nachts wurde er von Feuerdämonen heimgesucht, die seinen Körper in ihrer heißen Umarmung aufzuzehren schienen, wie eine im Sonnentau gefangene Fliege, und ihn Stück für Stück einschlossen in seinem immer weiter anschwellenden Fleisch.

Ein Spezialist in Berlin hatte dem Jungen Medikamente verschrieben sowie drei Mal am Tag Untertauchen in Meerwasser. Die Gräfin von Karsch-Kurwitz begab sich daraufhin mit ihrem Sohn und dem Kindermädchen nach Rügen.

Der Junge war noch nie zuvor an der See gewesen. Als er in einem Wagen auf den Strand gefahren wurde, konnte er, blind durch die Schwellungen, nichts von ihr sehen. Wohl aber hörte er ein geheimnisvolles Rauschen, wie das Atmen eines großen Tieres, das ihn vom Wasser aus beobachtete. Es musste ganz in der Nähe sein, denn sein kühler Atem strich prüfend über den glühenden kindlichen Körper.

Der Knabe spannte alle Muskeln an.

Behutsam wurde er aus dem Wagen gehoben und zu dem Ungeheuer getragen.

Das Rauschen schwoll an. Franz wurde auf dem Strand abgesetzt, wo er zitternd stehen blieb, ohne etwas sehen zu können, nicht wissend, was von ihm verlangt wurde. Eine ungeduldige Hand zwang ihn weiterzulaufen. Stolpernd, beinahe stürzend, gehorchte er. Kaltes Wasser stieg an seinen Beinen auf und erreichte seine schaudernde Schamgegend. Ehe er sich's versah, wurde er mit dem Kopf unter Wasser gedrückt. Es war ihm, als werde er verschluckt. In Todesangst schlug er wild um sich, das Wasser, das in seinen Mund drang, schmeckte nach verfaultem Fisch. Würgend wehrte er die Hände ab, schrie und heulte und versuchte, auf Händen und Füßen kriechend, das Trockene zu erreichen. Jedes Mal, wenn ihm dies gelang, wurde er wieder zurückgedrängt.

Seine Mutter verlor die Geduld und wies das Kindermädchen an, mit ihm ins Wasser zu gehen. Den Knaben fest an sich gedrückt, stieg das Mädchen ins Meer. Als das kalte Wasser sie erschaudern ließ, wodurch sich ihr Griff für einen Augenblick lockerte, bemerkte sie die panische Angst in seinem Körper. Sie drückte ihn noch fester an sich, sodass er sich kaum bewegen konnte, und flüsterte ihm liebevolle, besänftigende Worte ins Ohr. Sie sang eine Strophe, sprach den ersten Satz eines Märchens – *Es war einmal ein großer Junge und eine arme Prinzessin ...* –, sang eine weitere Strophe, sagte Unsinnsreime auf, die auf dem warmen Strom ihres Atems wie flaumweiche Kugeln um ihn herum zu tanzen schienen.

Zögernd entspannte er sich. Vorsichtig wateten sie tiefer in die See, und das Wasser schloss sie allmählich ein. Der Junge spürte den Herzschlag des Mädchens an seinem Körper, seine Angst wich, und er ergab sich seinem Schicksal. Das Meer schien ihn hochzuheben, er fühlte sich nicht mehr als der Junge, der er immer gewesen war. Er wurde leicht.

Nach einiger Zeit gingen die Schwellungen zurück, um schließlich ganz zu verschwinden, ohne Narben zu hinterlassen. Nach drei Wochen war der Junge so weit genesen, dass er über den Strand rennen konnte und mit anderen Kindern im Sand spielte. Zuweilen hielt er abrupt in seinem Spiel inne und blickte scheinbar in Gedanken versunken aufs Meer. Aber hinein ging er nicht.

Das tägliche Untertauchen war ihm von Anfang an ein unbegreifliches Ritual gewesen, und das blieb es, auch als es ihm nach und nach besser ging, doch seine Angst wandelte sich in ein sehnsüchtiges Warten auf den Moment, an dem sie wieder an den Strand gehen würden. Der geheimnisvolle Genuss, den wundersam runden Körper des älteren Mädchens an seinem harten, noch knochigen Rücken zu spüren, und ihre starken Arme um seinen Bauch, weckte ein unbestimmtes Gefühl der Erregung in ihm, doch da war auch Scham, weil er sehr gut wusste, dass diese Erregung verboten war und vielleicht sogar seine Genesung verzögerte. Als ein paar Tage lang befürchtet wurde, er könnte einen Rückfall erleiden, kämpfte er gegen sie an. Er ballte die Fäuste, spannte sämtliche Muskeln an und betete, dass er nicht mehr anschwellen möge. Viele Jahre später, als er älter wurde, dachte er noch manchmal daran zurück, aber er schien damals noch nicht in der Lage gewesen zu sein, die kindliche Angst vor der verbotenen Erregung abzustreifen. Allmählich wurde sie verdrängt, weil er Mädchen kennengelernt hatte, die nicht verboten waren und kein Schamgefühl auslösten, doch sie kamen ihm nie so nah wie damals das Kindermädchen am Strand, weshalb in seinem Verhältnis zu Frauen vieles unerfüllt blieb.

Am Tag, an dem sie nach Kurwitz zurückkehren sollten, lief er noch einmal zur Flutlinie und strich mit der flachen Hand über die am Strand auslaufenden kleinen Wellen, als wolle er sie friedlich stimmen, doch bevor er sie hätte berühren können, hatten sie ihre Form schon wieder verloren. Schließlich gab er seine Versuche auf, bis er sich fünfundzwanzig Jahre später zum ersten Mal mit seinen Instrumenten einschiffte, um das zu ergründen, was ihn geheilt hatte.

Plötzlicher Unmut ließ Karsch hochfahren. Es gab keinen Zusammenhang zwischen der Reise nach Rügen und seiner Entscheidung für die Hydrografie. Er zwang seine Gedanken zurück in die Gegenwart. Mit einer unwilligen Geste versuchte er, das Vergangene von sich wegzuschieben, wobei er seinen Kaffee vom Tisch in den Schoß eines schmächtigen Mannes fegte, der am benachbarten Tisch saß und die ganze Zeit in Gedanken versunken auf den Tejo geschaut hatte. Karsch sprang auf, entschuldigte sich auf Französisch und suchte nach seinem Taschentuch. Moser hatte seines bereits zur Hand und begann, die Hose des Portugiesen trocken zu tupfen, was der Mann beschämt zu verhindern suchte. Ein Kellner eilte hinzu und tupfte das andere Hosenbein ab. Über die gebeugten Rücken der beiden Männer hinweg sahen sich der Portugiese und Karsch hilflos an.

Moser tauchte wieder auf und sagte, er heiße Moser. Der Portugiese lächelte, ohne zu verstehen.

»Und das ist Graf von Karsch«, fuhr Moser fort, auf seinen Begleiter deutend.

Verlegen angesichts seiner befleckten Hose und der Aufdringlichkeit des Salpeterhändlers, suchte der Portugiese den Tejo ab, der sich glitzernd in seinen Brillengläsern spiegelte. Es war, als hoffte er, der Fluss würde ihm einen Namen zuraunen, mit dem er sich hätte vorstellen können, um der Höflichkeit Genüge zu tun, ohne etwas über sich preisgeben zu müssen. Als ihm nichts einfiel, lachte er verlegen, machte eine hölzerne Verbeugung und floh mit wehendem Mantel aus dem Lokal.

»Senhor de Campos bleibt am liebsten für sich«, entschuldigte der Kellner seinen Gast. »Der Herr sitzt oft hier. Er schaut den Matrosen hinterher. Ich glaube, er wäre selbst gern zur See gefahren, aber jemand mit so dünnen Beinen kann doch niemals Matrose werden. Meinen Sie nicht auch?«

Moser nahm ein zusammengefaltetes Papier in die Hand, das der Portugiese liegen gelassen hatte.

Langsam und gleichzeitig übersetzend las er:

»Ich bin nichts. Nie werde ich etwas sein. Ich kann nichts sein wollen. Aber davon abgesehen trage ich alle Träume der Welt in mir.«

Als sie zur *Posen* zurückgerudert wurden, wiederholte Karsch im Stillen die Notiz von Senhor de Campos.

»Ich bin nichts … aber davon abgesehen trage ich alle Träume der Welt in mir.« Der erste Teil traf vielleicht auf ihn selbst zu, der zweite nicht, und das machte ihm zu schaffen.

8

Anderthalb Tage später, auf Höhe des fünfunddreißigsten Breitengrades, lief Moser sichtlich aufgebracht auf Karsch zu, der mit seinen Instrumenten an Deck erschienen war.

»Wussten Sie, dass in Lissabon ein neuer Passagier an Bord gegangen ist?«, fragte er, entrüstet, dass man ihn davon nicht in Kenntnis gesetzt hatte.

Karsch schüttelte den Kopf, er hatte kein neues Gesicht an Bord gesehen.

»Als wir von unserem Ausflug zurückgekehrt sind, habe ich beobachtet, wie die Matrosen sich mit einem Kabinenkoffer abmühten«, berichtete Moser. »Ein schöner Koffer, mit Leder bezogen und mit Beschlägen an den Ecken, über und über beklebt mit Etiketten von Hotels und Schifffahrtsgesellschaften aus der ganzen Welt. Ich fragte, wem er gehöre, doch die Matrosen wussten nur, dass sie den Koffer auf Kabine sieben bringen sollten. Wahrscheinlich gehört er einem neuen Passagier, oder gar zwei Passagieren, die Kabine wäre groß genug.«

Karsch entsann sich, in Lissabon vom Turm aus ein Boot gesehen zu haben, das auf die *Posen* zusteuerte. Dem Ruderer gegenüber hatte jemand gesessen, eine hochgewachsene Gestalt, die sich dunkel gegen das wie Quecksilber glänzende Wasser abzeichnete. Hätte der Unbekannte zurückgeblickt – und warum auch nicht, er reiste ab, und was ist für einen Reisenden natürlicher, als sich bei der Abfahrt noch ein letztes Mal umzudrehen? Zurückblickend auf die Stadt, die er hinter sich ließ, hätte er auf dem Umgang des Kirchturms eine Gestalt in hellem Tropenanzug sehen können. Vielleicht hätte er sich einen

Moment lang gefragt, wer das sein könnte, der da oben auf dem Turm stand, wo das Panorama wenig mehr bot als die Aussicht auf das Wasser. In einem Sekundenbruchteil übersinnlicher Klarheit erlangte Karsch die Gewissheit, dass die Gestalt im Ruderboot ihn wahrgenommen hatte. Wie unbedeutend das Ereignis auch sein mochte, es war ein absurdes Glück, zu wissen, dass ihn jemand bemerkt hatte, jemand, der – wenn auch nur für einen Augenblick – einen Gedanken auf ihn verwendet hatte.

Da steht jemand, da auf dem Turm. Er sieht mich. Er denkt … Was könnte er denken?

»Auf dem Koffer war nur ein großes weißes M aufgemalt«, hörte er Moser neben sich sagen. »Wir können also annehmen, dass der Nachname unseres Freundes mit M beginnt.« Er hatte die Absicht, der Sache gründlich nachzugehen.

Karsch nickte abwesend.

An diesem Tag hatte er keine einzige Beobachtung vorgenommen. Die Wellen, die er gesehen hatte, hätte er sogar im Traum nach seinen wissenschaftlichen Regeln beschreiben können, so vertraut waren sie ihm, aber er verspürte wenig Lust dazu. Ehrlich gesagt ließen sie ihn kalt. Morgen würde es anders sein. Das Wetter würde dann sicherlich ebenfalls besser sein als heute. Er sollte seine fotografischen Platten besser dafür aufsparen.

Unterdessen fand Moser es unerhört, dass »unser Freund« noch nicht aus seiner Kabine gekommen war, um sich ihm vorzustellen und danach mit dem Salpeterhändler über das Deck zu spazieren und dabei etwa über den medizinischen Wert der Kneipp-Kur zu debattieren oder Sinn und Zweck einer Weltsprache zu erörtern oder die Frage aufzuwerfen, ob Vegetarier Eier äßen, oder auch sich zu fragen, warum die Franzosen die Musik Richard Wagners nicht schätzten, über die man so viel hörte, oder warum die Franzosen gerade doch die Musik Richard Wagners schätzten, und ob die zuvor genannten Vegetarier eigentlich gute Patrioten seien, und wie es dann möglich sein könne, dass dieser Richard Wagner Vegetarier gewesen sei …

Karsch hoffte für Moser, dass der neue Passagier bald an Deck erschiene und auf die vielen Fragen des sokratischen Salpeterhändlers eingehen könnte, die diesem bei seinen Deckspaziergängen in den Sinn kamen.

Todtleben, der ihr Gespräch verfolgt hatte, legte seine Lektüre beiseite und erhob sich aus seinem Deckstuhl.

»Wissen Sie vielleicht mehr über diesen M?«, fragte Moser in einem beinahe anklagenden Tonfall.

Todtleben zuckte die Achseln und meinte, Kapitän Paulsen sei der Einzige, der darüber Auskunft geben könne.

»Bei dem bin ich schon gewesen«, sagte Moser, »aber er tut so, als wisse er von nichts. Sie wissen ja, wie er ist, die Sphinx. Aber ich« – er deutete auf Todtlebens Brust – »ich weiß sicher, dass jemand an Bord gekommen ist.«

»Ihr Vergleich hinkt«, bemerkte Todtleben herablassend. »Kapitän Paulsen ist keine Sphinx. Die Sphinx gab keine Antworten, sie stellte Fragen.«

»Aber warum eigentlich?«, murrte Moser. »Sie muss die richtige Antwort doch gewusst haben, sonst hätte man ihr ja alles weismachen können.«

Todtleben lächelte. »In der Schule mag es so zugehen, aber die Sphinx wollte nicht wissen, ob Ödipus seine Aufgaben gemacht hatte, dafür hatten die Götter sie nicht an diese Stelle gesetzt. Es ging darum, herauszufinden, ob Ödipus sich seiner Sterblichkeit bewusst war. Bei wem dies nicht der Fall war, der litt an Hochmut und verdiente den Untergang. Wer sich selbst kannte, den ließ sie laufen, am Ende würde ihn der Tod ohnehin holen. Verstehen Sie?«

Misstrauisch starrte Moser in sein Gesicht, um zu erforschen, ob er vielleicht auf den Arm genommen wurde. »Und Sie, Todtleben, kennen Sie sich selbst so gut, dass Sie sich trauen würden, einer Sphinx in die Augen zu schauen?«

»Sphinxe existieren nicht.«

Schnaubend wandte sich Moser wieder Karsch zu und erkundigte sich, ob dieser nicht doch etwas von der Anwesenheit Ms mitbekommen habe, schließlich befinde sich dessen Kabine neben der seinen.

Karsch schüttelte den Kopf. Wohl habe er ein Tablett mit einem benutzten Teller neben der Tür gesehen. In der Nacht sei er ein Mal wach geworden, weil er gemeint habe, ein Geräusch zu hören, das aber fast im selben Augenblick wieder verstummt sei. Das sei alles gewesen.

9

Mehr um sich die Zeit zu vertreiben als aus wissenschaftlichem Interesse machte Karsch Aufnahmen von den malerischen Wolkenhimmeln. Aus einer Laune heraus nahm er hin und wieder Teile des Schiffes mit aufs Bild, um eine bessere Komposition zu schaffen, etwas, was er sonst nie tat. Als er die Platten wegräumte, versäumte er es, Ort, Zeit, Luftdruck, Längen- und Breitengrad zu notieren, wodurch sie für seine wissenschaftliche Arbeit unbrauchbar waren.

Danach legte er sich in einen Deckstuhl.

Es gab eine Form der Langeweile, die sich von anderem Nichtstun dadurch unterschied, dass man sich zeitlebens an sie erinnerte. Sie war Karsch vertraut, es lag bei ihm in der Familie. Seine alten Tanten hatten an derselben Art Ennui gelitten wie er. Nur waren sie im Gegensatz zu ihrem Neffen nie einer Tätigkeit nachgegangen, da sie schon früh zu der Einsicht gekommen waren, dass alles menschliche Streben eitel sei. Seitdem füllten sie die verabscheuungswürdige Leere in ihrer Existenz mit einem bigotten Glauben, der dieselbe Einsicht lehrte.

»Ich bin schon längst wie sie geworden«, dachte Karsch Stunden später, als er in der Dämmerung an Deck ging, um ein wenig frische Luft zu schnappen. Der Stolz, mit dem er vor acht Jahren seinen ersten Aufsatz in den *Annalen der Hydrographie und maritimen Meteorologie* aufgeschlagen hatte, war schon lange verblasst. Obwohl er es zuerst nicht wahrnahm, hatte kurze Zeit nach dieser ersten Publikation eine Mattheit Besitz von ihm ergriffen, die ihm zwar nicht die Sicht auf die Welt verstellt hatte, aber doch alles, was ihm zuvor leichtgefallen war, zu einer Aufgabe hatte werden lassen. Zugegeben, keine schwere Aufgabe, aber er hatte seither das Gefühl, er müsse über einen Zaun klettern, Türen öffnen, Gardinen zur Seite schieben, um wieder das leisten zu können, wozu er früher immer mühelos in der Lage gewesen war. Sein Geist benötigte mit einem Mal eine Brille, die auch immer irgendwo herumlag – wenn auch nie dort, wo er sie gerade brauchte.

In dieser Zeit hatte ein früherer Kommilitone, der sein Studium abgebrochen und eine Stelle bei einer großen Werft in Bremen angenommen hatte, Karsch bei einem Treffen ihres Semesters selbstbewusst verkündet, dass das Meer ihn nicht länger interessiere. Es sei, als würde man glauben, durch das

Untersuchen einer Briefmarke Aufschluss über den Inhalt des Briefes zu erhalten. Haha! Vielleicht hatte der Kommilitone nicht ganz unrecht damit gehabt, auch wenn Karsch ihm das nicht gegönnt hatte. Die Spitzen seines Schnurrbarts hatten dafür zu triumphierend nach oben gezeigt und die Daumen zu selbstgefällig in den Armausschnitten der Weste gesteckt. Von seiner neu errungenen gesellschaftlichen Stellung her gesehen, hatte der Studiengenosse einigen Anlass, so aufzutrumpfen, doch Karsch hatte sich über die herablassende Art geärgert, mit der er sich über die Studie äußerte, an der er, Karsch, damals arbeitete. Die bloße Tatsache, dass man mit einem Schiff zur See fuhr, in der Absicht, etwas zu erforschen, etwas herauszufinden, hatte bei dem Kommilitonen lediglich ein mitleidiges Achselzucken hervorgerufen.

In Karsch stieg eine plötzliche Angst auf, wie bei jemandem, der sich umblickt und bemerkt, dass er ganz allein ist und den Rückweg nicht finden kann. Konnte es sein, dass das wenige, wonach er in seiner Laufbahn bisher gestrebt hatte, keinerlei Bedeutung gehabt hatte? Musste das Wissen dem Menschen *immer* zum Fortschritt verhelfen, in diese herrliche Zukunft, die ihren Schnurrbart nach oben zwirbelte und die Daumen in die Armausschnitte steckte? Inwiefern konnte eigentlich seine Forschung die Menschheit weiterbringen? Hatte Moser am Ende doch recht mit seiner Behauptung, diese Welt sei eine Welt der Tatsachen geworden, eine Welt aus Stahl und Eisen, in der kein Platz mehr war für zu nichts verpflichtende Erkenntnisse?

Unwillig hatte Karsch diese Fragen zur Seite geschoben und sich gezwungen, seine Forschung als etwas Gehobenes anzusehen, das über die platte Welt der Reeder und Schiffsbauer hinausragte, weil sie ihm unvermutete Zusammenhänge in der Natur offenbarte, die nicht für jeden ohne Weiteres zu ergründen waren. Es bedurfte sogar einer gewissen geistigen Entsagung, um dieses Element verstehen zu können. Nicht jeder würde das auf sich nehmen. Natürlich, man konnte es mit schlampig zusammengenieteten Dampfschiffen befahren, die Laderäume voll mit Büchsenfleisch, doch was für Einsichten würde man daraus gewinnen können?

Keine einzige.

Das Meer war der einzige Teil der Erde, der noch nicht erschöpfend beschrieben worden war; wer das auf sich nehmen wollte, dem stand noch alles offen – er durfte seiner Intuition folgen, seine Fantasie benutzen, um den Weg für die kommenden Generationen zu ebnen. Für all das war ein glänzender Geist nötig, und den besaß Karsch nicht. Seine Klasse war das gediegene Mittelmaß. In nichts außergewöhnlich, immer annehmbarer Durchschnitt: Dass sein Leben sich nie darüber erheben würde, wusste er schon lange.

Man denke nur an Augusta.

In den Sommern seiner Jugend wohnte sie mit ihrem Bruder und ihren Eltern in einer weißen Villa in Bayern, nicht weit entfernt vom Haus der Familie Karsch. Der junge Franz schenkte ihr wenig Beachtung, Mädchen zählten nicht, wenn man auf Bäume klettern musste oder mit ihrem Bruder Siegmund, »Sigi«, Bäche umleiten wollte. Augusta nahm es den beiden nicht übel. Nach einigen Sommern bemerkte Franz, dass sich etwas an ihrer Haltung verändert hatte, es mochte auch sein, dass dies schon früher geschehen, ihm aber jetzt erst aufgefallen war. Obwohl sie ein Jahr jünger war als er, schien es, als habe sie auf rätselhafte Weise diesen Rückstand in einen Vorsprung verwandelt. Sie konnte ernst sein wie eine Erwachsene und nachdenklich vor sich hin blicken, als sei ihr Geist von etwas sehr Wichtigem in Anspruch genommen. Obwohl er wusste, dass sie ihm nichts vormachte, ärgerte sich Franz über sie, zugleich wirkte ihre Zurückhaltung immer wieder einschüchternd auf ihn. Das änderte sich, als er eines Nachmittags zu früh das Haus der Familie Levinson durch die Terrassentür betrat, um Sigi abzuholen. Nirgends war jemand zu sehen. Aus dem Seitenzimmer erklang Klaviermusik. Porzellanfigürchen tollten übermütig auf der Kommode umher, etwas unaussprechlich Leichtes erfüllte den Raum, alles schien zur Musik von Augustas Fingern zu tanzen. Glitzernd und perlend stiegen die Triller und Läufe aus dem imposanten schwarzen Kasten auf.

Verlegen blickte Franz auf die zierliche Gestalt von Augusta, die in ihrem weißen Sommerkleid hinter dem großen Blüthner-Flügel saß, ihren Rücken dezidiert gerade hielt und ihre Finger spreizte, um die Oktaven zu greifen. Franz hatte einmal mit Sigi dort gesessen und herumgealbert, kichernd, mit halb offen stehendem Mund und sabbernden Lippen hatten sie mit Armen und Fäusten auf der Tastatur herumgehämmert, weil sie nicht wussten, welche Bedeutung die Tasten besaßen. Ihre vernichtende Kakofonie hatte Risse in den Wänden hinterlassen und das Glas zum Klirren gebracht. In einer sinnlosen Orgie hatten sie sämtliche Musik zermalmt, die je in diesem Zimmer erklungen war. Hämmernd und trommelnd zertrümmerten sie all die filigranen Sonatinen und Menuette, die sanft perlend den Raum erfüllt und die Jungen grobschlächtig und tumb hatten aussehen lassen. Augusta hatte wütend die Finger in die Ohren gesteckt und geschrien, sie sollten damit aufhören, was für die Jungen nur ein Ansporn war, sich ein weiteres Mal auf den Flügel zu stürzen.

So, wie sie jetzt da saß und spielte – erst später erfuhr er, dass es etwas von Clementi gewesen war, das er gehört hatte –, wusste er schon, dass er so etwas niemals können würde. Er hatte sich zwar zu Hause ein paarmal auf dem alten, verstimmten Tafelklavier seines Großvaters versucht, doch sein Geist blieb ratlos über den Tasten hängen, zu keiner Art von Musik fähig. Er hatte kein Talent. Weder zur Musik noch zum Sport oder zum Reiten. Zu nichts. Nicht etwa, dass er darunter litt, fast alle, die er kannte, waren talentlos oder höchstens mittelmäßig begabt. Man war sich in den Salons darin einig, dass es im Grunde genommen Verschwendung sei, gut Klavier spielen oder schön zeichnen zu können, weil die Gesellschaft in Zukunft sicherlich andere Fertigkeiten vom Einzelnen erwartete. Franz' Mutter – die sonst nie eine Meinung hatte – fand denn auch, dass die Levinsons kein guter Umgang für ihren Sohn seien, weil sie liberale Ideen hätten und der Kunst den Vorrang vor Ordnung und Pflicht gäben. Letzteres, die Pflicht, war immer das Zauberwort seiner Jugend gewesen, ein Wort wie aus Gusseisen, speziell für die Familie Karsch-Kurwitz in die Formen der Tradition gegossen. Die Tanten und die Großmutter hatten es ihm bereits eingeschärft, als er gerade eben laufen gelernt hatte, und sie hatten es ihm auf dem Sterbebett mit ihrem letzten Atemzug mitgegeben. Sein Vater war dem Wort aus dem Weg gegangen, es passte nicht recht zu den Schmetterlingen, die er sammelte. Schnurrbärtige Onkel ließen es wieder matt erglänzen, wenn ihre Mission in der Welt zur Sprache kam und ihre Brust anschwoll, ihr Blick die Ferne suchte und die Gespräche verstummten.

Pflicht.

Unwillkürlich dachte Karsch an die Liebhaber, die sich seine Mutter gehalten hatte, und spürte, wie eine Leere von ihm Besitz ergriff, gegen die er machtlos war.

Aber er war immer noch Hydrograf.
Pflicht.

Er schreckte aus seinen Grübeleien auf. Todtleben hatte sich neben ihn gesetzt.

»Wissen Sie eigentlich, was für eine Fracht wir führen?«, fragte der Lehrer mit seiner angenehmen Stimme.

Karsch schüttelte den Kopf.

»Ich auch nicht, aber es lässt mir keine Ruhe«, sagte Todtleben. Mit einem entschuldigenden Lächeln erläuterte er, er habe geträumt, dass die Ladung der *Posen* nur aus Steinen bestehe. Keine Ziegel, sondern große, schwere Basaltblöcke. Steine. Ihm sei bewusst, dass es unsinnig klinge, aber das sei gerade das Beunruhigende daran, die Unsinnigkeit. Warum sollte ein Schiff Basaltblöcke in ein Land befördern, in dem es mehr als genug davon gab?

»Träume sind immer unsinnig«, entgegnete Karsch achselzuckend.

Todtleben schüttelte den Kopf.

»Glauben Sie denn, dass Träume Ihnen die Zukunft voraussagen können?«, fragte Karsch spöttisch.

»Nein, nein, das nicht. Ich bin nicht abergläubisch. Aber genauso wenig weiß ich, was sie mir eigentlich sagen wollen. Und Sie?«

Karsch schüttelte den Kopf.

»Und das finden Sie nicht seltsam?«, erkundigte sich Todtleben. »Dass sich Bilder und Stimmen in Ihrem Kopf befinden, die nicht die Ihren sind und von denen Sie nicht wissen, was sie bedeuten?«

Karsch musste zugeben, dass er so noch nie darüber nachgedacht hatte. Der große Götz Wyrow, der *Arbiter Elegantiarum* seiner Studienzeit, hatte einst grinsend verkündet, er könne leider niemals der liederliche Lüstling sein, als der er verschrien sei, weil seine Träume – nicht dass es ihn nicht wurme – bis jetzt, Tag und Nacht, immer keusch gewesen seien.

»Ich für mein Teil finde das schon seltsam«, sagte Todtleben.

Karsch gab keine Antwort. Er war sich nicht sicher, ob er Todtleben wirklich mochte.

»Nun ja, Sie stellen sich eben andere Fragen«, sagte der Lehrer in verbindlicherem Ton, als der andere hartnäckig schwieg. Er lächelte verständnisvoll. »Sie wissen zum Beispiel, wie es da unten in der Tiefe aussieht.« Er deutete auf das Meer. Und als Karsch immer noch nicht antwortete: »Salzwasser mit allerhand schleimigem Getier, so viel weiß ich auch, aber was ist dort sonst noch?«

Der Hydrograf streckte sich. »Kein Licht. Keine Wärme. Kein Geräusch.«

Todtleben nickte, als habe er das schon immer gewusst. »Ich mag das Meer nicht. Ich wäre lieber nach Valparaíso gelaufen, wenn das möglich gewesen wäre.«

»Wer sagt denn, dass ich das Meer liebe?« Es klang für Karschs Ohren noch etwas ungewohnt. Offenbar sagte er mittlerweile solche Dinge.

Todtleben runzelte die Stirn. »Aber Sie beschäftigen sich doch damit, das alles hier zu messen und zu fotografieren?«

»Und das ist Liebe?«

»Was ist es denn sonst?«

Verbohrtheit vielleicht. Karsch schwieg.

Todtleben starrte auf das Meer, das im letzten Sonnenlicht feuerrot glänzte. »All diese aufleuchtenden und verlöschenden Glanzpunkte«, sagte er nachdenklich. »Als ob es lebte, mit uns die Welt teilte, aber uns gegenüber immer vollkommen gleichgültig bliebe. So wie einst die Götter der Alten.«

»Poseidon?«, fragte Karsch nach einiger Zeit, als die Stille unangenehm wurde.

Verächtlich schüttelte Todtleben den Kopf. »Nein, nein, Aphrodite natürlich. Sie war die Göttin des Meeres, nicht dieser Poseidon, nicht dieser ungehobelte Bär mit seiner Mistgabel.«

»Ach, was Sie nicht sagen …« Karsch drehte sich um und schritt missmutig auf das Achterdeck zu.

Nach kurzem Zögern folgte ihm der Hauslehrer. Auf seiner Stirn standen Schweißperlen. Im Gegensatz zu den anderen an Bord trug er keine Tropenkleidung. Vielleicht besaß er so etwas nicht.

Auf dem Achterdeck verfolgten sie den Flug eines Sturmvogels. Beim Auftragen des Frühstücks hatte ihnen der Schiffskoch, ein bleicher Åländer mit üppig tätowierten Armen, erzählt, Sturmvögel beherbergten die Seelen umgekommener Seeleute, die in ihrem nassen Grab keine Ruhe finden könnten. Beim Abräumen sprach er dann noch über den Holländer, den er beim Auftragen vergessen habe zu erwähnen. Dieser sei gewissermaßen der Herr über die Sturmvögel. Der Teufel habe ihn, weiß der Kuckuck, warum, mit einem Fluch belegt. Der Holländer sollte erst von seiner ewig dauernden Irrfahrt erlöst werden, wenn sich eine Frau aus Liebe für ihn aufopfern würde. Der Åländer betrachtete sein bleiches Gesicht in der Schöpfkelle, in der es noch voller als sonst wirkte. Während er das Essen austeilte, sagte er, auch er sei verflucht. Er sei jetzt schon sein ganzes Leben auf See, und nirgends sei eine Frau zu finden, die ihn erlösen könne. Darauf hatte er die Kelle abgeleckt.

Todtleben deutete auf die deutsche Reichsflagge, die an der Untergaffel hing.

»Schauen Sie«, sagte er spöttisch, »uns fliegen nicht nur tote Seeleute hinterher, wir fahren auch unter der Fahne des Todes. Rot ist die Todesfarbe der alten Völker, für die Griechen ist es Weiß und für die braven Christen Schwarz. Das bedeutet, drei Mal der Tod in einer einzigen Fahne.«

»Was wollen Sie damit sagen?«, fragte Karsch ärgerlich. Er war kein glühender Patriot, doch fühlte er sich immer unsicher, wenn das Land seiner Herkunft unter Anklage gestellt wurde. Was Deutschland betraf, vertrug er keine Unsicherheit. »Empfinden Sie vielleicht nichts für Deutschland?«, fragte er.

»Ich liebe Deutschland sehr«, antwortete Todtleben, »aber meine Liebe wird von Deutschland nicht erwidert.«

»Warum nicht?«

»Das ist etwas zwischen Deutschland und mir.«

In die Verbannung geschickt. Karsch versuchte, einen triftigen Grund dafür zu finden, doch kam ihm nichts anderes in den Sinn, als dass Todtleben ein Landesverräter sei, oder ein Deserteur, oder etwas noch Minderwertigeres, und dass er deshalb vom wohlgesinnten Bürgertum geächtet worden sei.

Zu seiner Verwunderung sah er sich Todtleben aufmunternd auf die Schulter klopfen. »Kopf hoch, es gibt noch andere Länder auf dieser Welt.«

10

Von Mosers Neugier angesteckt, lauschte Karsch am Abend im Bett, ob irgendwelche Geräusche von M zu vernehmen seien, doch er hörte nichts. Nur das gleichförmige Klatschen der Wellen gegen die Bordwand. Gelangweilt auf den Schlaf wartend, wunderte er sich, dass das Meer auch dann rauschte, wenn Windstille herrschte.

Als er am nächsten Morgen auf dem Deck spazieren ging, erinnerte er sich wieder an das, was ihn vor dem Einschlafen beschäftigt hatte. Irritiert versuchte er, das Problem zu verdrängen, doch er konnte seine Gedanken auf nichts anderes konzentrieren, und die Frage hörte nicht auf ihn zu plagen, vom ständigen Rauschen des Meeres immerzu neu angefacht.

Aus Verdrossenheit legte er Moser die Frage vor.

»Vielleicht haben Sie eine Erklärung dafür. Sie haben sich doch als ein Mann der Tatsachen bezeichnet, und niemand wird abstreiten, dass es sich hierbei um eine Tatsache handelt.« Seine Ironie blieb unbemerkt.

Moser, der sich zuvor mit der »Frage M«, wie er es nannte, beschäftigt hatte, musste nicht erst nachdenken. Rauschen sei nun mal eine Eigenschaft des Meeres. Eine abstrakte, wohlgemerkt. Ein Meer müsse rauschen. Wind spiele dabei keine Rolle. Moser sei zwar in einer Hafenstadt aufgewachsen, er habe aber auch einige Jahre in Wien zugebracht, wo niemand das Meer je gesehen habe. Dort würden sie es nur aus ihren billigen Romanen kennen, in denen das Meer natürlich immerzu rausche oder tobe oder was auch immer. Ein geräuschloses Meer gebe es nicht. Diese überirdische, ölige Glätte, die das Wasser mitunter aufweise, die könne man einem Wiener oder einem Berliner doch nicht erklären, nicht wahr? Rauschend und tosend müsse es sein, sonst sei ein Meer kein Meer. Das sei nun einmal so.

Als Karsch nichts erwiderte, setzte er seine Betrachtungen fort: »Alles wird abstrakter.« Moser liebte dieses Wort. »Nehmen Sie mich, zum Beispiel. Ich handle mit Salpeter. Man kann ihn nicht essen, man kann nicht darin wohnen, man kann nicht darauf sitzen oder ihn lieben. Es ist ein Pulver. Es ist ein Schulbeispiel für modernes Geschäftemachen, denn alles, was Wert besitzt, wird immer abstrakter. Achten Sie auf meine Worte, in hundert Jahren wird Salpeter veraltet sein, dann wird nur noch das einen Wert haben, was nicht stofflich ist. Dann wird mit Dingen gehandelt werden, die nicht mehr sind als ein Blatt Papier. Das Anhäufen von Reichtum wird eine immer abstraktere Tätigkeit. Sie sind altmodisch, Karsch, Sie mit Ihren magischen Formeln. Sie suchen den Stein der Weisen, Sie versuchen, genau wie einst Kaiser Caligula, das Meer zu bezwingen. Sie sind ein Mensch von gestern, Karsch. Haha! Sie denken, dass Sie Macht über etwas gewinnen, wenn Sie ihm einen Namen geben oder eine Formel dafür finden. Das ist naiv. Für einen Koch ist das Meer Fischsuppe, ein Friseur kennt Wellen nur im Haar. So einfach ist die Welt.«

Zufrieden über seine geistreiche Pointe, zündete er sich eine Zigarre an.

Karsch legte sich in die Hängematte und dachte über Mosers Worte nach. Alles nur krumme Argumentationen, die eigentlich nur eines ausdrücken wollten: Es geht nicht darum, eine Wahrheit zu formulieren, es genügt, sich etwas auszudenken, was als solche dienen kann.

Vielleicht sollte Karsch sich auf dieser Reise nachträglich

doch noch bemühen, zu einer wahrheitsgetreuen Beschreibung dessen zu gelangen, was sich dort auf der anderen Seite der Reling abspielte, sei es auch nur, um den selbstgefälligen Salpeterhändler zurechtzuweisen. Wenn er seine Arbeit gänzlich aufgab, müsste er irgendwo etwas Neues anfangen, denn eine Rückkehr nach Pommern und zu der blassen Braut, die dort unvermeidlich auf ihn wartete, war ausgeschlossen. Wollte er lernen, nach Mosers flüchtigen Prinzipien zu leben, dann müsste er vieles, wenn nicht alles loslassen, was ihm lieb und teuer war.

Also nicht mehr nach dem Stein der Weisen suchen, sondern nach vergeistigtem Salpeter.

11

Die *Posen* erreichte das Gebiet der großen Windstillen, von den Engländern *doldrums* genannt. Die Wogen verloren hier ihre Schaumkronen und verschwanden nach und nach, um Platz zu machen für die lange Dünung, die das große Schiff mit den leblos herabhängenden Segeln auf ihrem Rücken in den Süden mitnahm.

M hatte sich noch immer nicht blicken lassen.

Achselzuckend hatte Kapitän Paulsen dazu bemerkt, dass Kabine sieben, die dem neuen Passagier zugewiesen worden sei, offenbar kein Bedürfnis nach Gesellschaft habe. Damit war die Angelegenheit für ihn erledigt.

Karsch ließ ein Boot aussetzen, um das nun so gut wie still liegende Schiff zu fotografieren. Moser und Todtleben blieben an Bord, sie fühlten sich nicht wohl in so einem kleinen Boot, das sich vom Schiff entfernen und anschließend infolge eines noch unerklärlichen Naturereignisses nicht mehr in der Lage sein könnte, zurückzukehren. Todtleben lief ein Schauer über den Rücken. Dem Meere sei nicht zu trauen, das wusste doch jeder, die Matrosen, die Möwen, sie selbst und Millionen andere.

Lachend ließ sich Karsch wegrudern. Fünfzig Meter vom Schiff entfernt stieg ein beklommenes Gefühl in der Herzgegend auf. Was wäre, wenn die Wogen sie tatsächlich forttreiben sollten und die *Posen* am Horizont verschwände? Er hielt den Atem an, spitzte die Ohren, aber es war kein anderes Geräusch zu hören als die Stille des ersten Tages, es gab keinen Vogel, der ihnen folgte, am Himmel hingen Wolken ohne Ziel. Die See war glatt und trübe, ringsum befand sich alles in tiefer Ruhe. Eine lange, schwerfällige Woge, träge wie die ruhig atmende Brust eines Schläfers, hob das Boot empor und ließ es danach in das Tal gleiten, wodurch der Rumpf der *Posen* der Sicht entzogen wurde und nur noch die Masten über das Wasser hinausragten.

Karsch hob den Blick von seiner Kamera.

»Merkwürdig«, sagte er und bat einen der Matrosen um das Fernrohr. Als er es wieder sinken ließ, musste er lachen und reichte es dem Matrosen, der nun seinerseits zum Schiff hinüberschaute und ebenfalls lachte.

»Die Frau«, sagte er zu Karsch.

»Die Frau?«

»Sie ist blond«, sagte der Matrose.

»M?«

»Wie sie heißt, weiß ich nicht, aber sie ist blond.«

Verblüfft starrte Karsch auf die Gestalt, die an der Reling der *Posen* aufgetaucht war. Keinen Augenblick hatte er damit gerechnet, dass M auch eine Frau sein könnte. Wieso auch? Was hatte eine Frau allein – war sie wirklich allein? – auf einem Schiff nach Valparaíso zu suchen? Warum wollte überhaupt jemand nach Valparaíso? Nun ja, Moser wegen seines Salpeters und Todtleben wegen seines Gymnasiums … Gut, es war auch möglich, dass sie nur bis Rio de Janeiro mitfuhr oder bis zu einem anderen Hafen, den sie unterwegs noch anlaufen würden.

Als Karsch seine Kamera einpackte, bemerkte er, dass seine Hände zitterten. Er war aufgeregt. Es war, als nehme die Reise mit einem Mal einen neuen Anfang. Als sei die Unbekannte nicht in Lissabon an Bord gegangen, sondern hier, mitten in den Windstillen, von einer Hand aus dem Himmel auf das Deck der *Posen* gestellt worden, wie man eine Dame auf ein Schachbrett stellt, nachdem einer der Bauern die hinterste Reihe erreicht hat.

12

Moser wartete aufgeregt beim Fallreep auf Karsch. »Es ist eine Frau, Karsch!«, rief er schon von Weitem. Er war außer sich. »Es ist eine Frau!«

»Das weiß ich. Ich habe sogar eine Fotografie von ihr.«

Es dauerte einen Moment, bis der Salpeterhändler begriff. Karsch sah sich um. »Wo ist sie jetzt?«, fragte er.

»Wahrscheinlich wieder in ihrer Kabine.«

Karsch war enttäuscht.

Moser warf sich in die Brust. In allen Einzelheiten schilderte er, wie er sie kennengelernt hatte. Sie habe sich als Asta Maris vorgestellt und sei offenbar Niederländerin.

»Aber sie lebt dort schon lange nicht mehr«, ließ er sogleich darauf folgen, als verstehe es sich von selbst, dass er bereits über die Einzelheiten ihres Lebens im Bilde sei.

Als Karsch weiterfragte, stellte sich heraus, dass er kaum mehr als das über sie wusste, aber er hatte ihr zumindest Auge in Auge gegenübergestanden. Sie habe ihm zwar nicht die Hand gereicht, ihm jedoch zugenickt, ihren Namen genannt und auf sein Nachfragen hin ihre Nationalität enthüllt. Danach habe sich Moser an der Schönheit ihrer Augen geweidet.

»Blau, Karsch, so blau ...«, schwärmte der Salpeterhändler. »Oh, ein solches Blau hab ich noch nie zuvor gesehen. Porzellanblau, so viel ist sicher. Delfter Blau in ihrem Fall. Haha. Sie sind nie verheiratet gewesen, nicht wahr, Karsch? Ich schon, ich habe einen Sohn. Will Musiker werden. Notabene. Können Sie das begreifen? Ach, auf Personen wie Madame Maris trifft man so selten im Leben, dass es sich nicht lohnt, auf sie zu warten. Und dann begegnet man ihnen eines Tages doch noch, und dann ist es zu spät. So geht es immer. Ach, was kann es Schöneres geben als eine Frau auf einem Segelschiff. Solche blauen Augen. Nun ja ...«

Mit einem Mal schien ihm sein Leben nicht mehr zu gefallen.

Karsch nickte zerstreut und suchte das Deck ab, um sich zu vergewissern, ob nicht vielleicht doch noch irgendwo ein Hauch ihrer Anwesenheit zurückgeblieben war, ein vergessener Schal, ein Duft, Schritte auf der Treppe, eine ins Schloss fallende Tür, etwas, von dem sich ableiten ließe, dass der Salpeterhändler die Wahrheit gesprochen hatte.

Nichts davon.

Die Matrosen schrubbten das Deck, Kapitän Paulsen streckte sich, der Åländer stieg in den Frachtraum hinunter, um die Essensreste an die Schweine zu verfüttern.

13

In einer Waschkabine, die er provisorisch als Dunkelkammer eingerichtet hatte, entwickelte Karsch die Bilder, die er vom Boot aus aufgenommen hatte. Eines davon zeigte die *Posen*, von der Dünung emporgehoben, doch so genau er auch hinsah, nirgends konnte er auf der Fotografie die Frau entdecken, die er so deutlich durch das Fernrohr und den Sucher seiner Kamera wahrgenommen hatte. Vielleicht hatte sie sich genau in dem Augenblick gebückt, um etwas aufzuheben, als sich der Verschluss geöffnet hatte.

Beim Abendessen ließ sich die Niederländerin ebenso wenig blicken. Karsch ertappte sich dabei, dass er sich früher als sonst entschuldigte und den Salon verließ, um seine Kabine aufzusuchen, in der Hoffnung, ein Geräusch von ihr zu vernehmen. Er presste sein Ohr an die Wand und meinte, die gleichmäßigen Atemzüge einer Schlafenden zu hören. Aber es konnte auch der Wind sein, der nun endlich wieder anschwoll und sie aus dem Gebiet der Windstillen hinaustrug.

14

Gegen Mitternacht wurde Franz von Karsch wach. Er öffnete die Tür seiner Kabine und blickte im Schein seiner Öllampe in den engen Gang. Unter der Tür der Niederländerin drang Lichtschein hervor. Daneben stand ein Tablett mit ein paar aufeinandergestapelten Schälchen, einem verschmierten Wasserglas, benutztem Besteck und einer zusammengeknüllten Serviette. Er betrachtete im Schein der Lampe den undeutlichen Abdruck eines Mundes auf dem Leinen. Im sicheren Gefühl, allein zu sein, brachte er es an seine Nase, doch der dumpfe Geruch des Leinens überdeckte das Parfüm, das er zu riechen gehofft hatte.

In seine Kabine zurückgekehrt, lauschte Karsch wieder an der Wand. Es dauerte eine Weile, dann hörte er Gemurmel und eine Stimme, die etwas sagte. Erschrocken zog er den Kopf zurück und schämte sich für seine Neugier.

Er versuchte, sich die Frau vorzustellen. Blondes Haar und blaue Augen war eine Personenbeschreibung, die wenig aussagte. Nahezu alle Frauen, die er gekannt hatte, waren dunkelbis hellblond gewesen. Er würde sie nie vergessen, die schüchternen Mädchen, zart wie Veilchen, die er als Student an seinem Arm durch die Ballsäle geführt hatte, schweigsam in ihren vielen raschelnden Röcken, verlegen über den kühlen Schatten ihres Mieders. Sie sagten nicht sehr viel und lachten noch weniger, in der Hoffnung, einen guten Eindruck zu machen – Lachen verriet einen Mangel an Selbstbeherrschung. Ihre pommerschen Gesichter waren rund und so durchscheinend weiß, dass ein Kuss – bekäme man überhaupt die Gelegenheit dazu –

einen hitzigen Abdruck darauf hinterlassen würde, wie ein lüsternes Mal auf unbeflecktem Fleisch. In einem Winkel hinter den Zimmerpalmen döste die Anstandsdame vor sich hin, wohl wissend, dass dieser nette Graf von Karsch-Kurwitz den Ruf hatte, ein Gentleman zu sein.

An anderen Abenden besuchte dieser Gentleman Feste, die von Götz Wyrow ausgerichtet wurden, einem ewigen Studenten mit einem Schmiss. Es war noch nicht lange her, da war das Gerücht umgegangen – es stellte sich am Ende als wahr heraus –, dass Götz in einem Hotelzimmer in Salerno, das stundenweise vermietet wurde, aus unbekannten Gründen von einem jungen Mann niedergestochen worden war. Sein Tod wurde danach mit dem Mantel der Liebe zugedeckt.

Als Karsch davon hörte, wusste er bereits, dass Götz Wyrow noch ein anderes Leben geführt hatte, welches ihn in die Geheimnisse des Genusses eingeweiht und ihn das köstliche Gift seiner verborgenen Begierden hatte entdecken lassen. Im Gegensatz zu Karsch hatte Götz verbotene Parfüms gerochen, liederliche Orte aufgesucht, von der willigen Süße käuflicher Liebe gekostet.

Während Götz umkam, hatte Karsch sein Leben im hellen Tageslicht und mit unbeirrbarem Herzschlag geführt. Im Unterschied zu Götz würde er nicht zugrunde gehen, würde er sich die Jahre der Reife und die Ernte des Alters nicht entgehen lassen, den Verfall seines Körpers erfahren, zufrieden zurückblicken auf die lebenslange Erfüllung seiner Pflicht – und was ist das mehr als der Wille eines anderen, den man sich ohne Gegenwehr zu eigen gemacht hat? Und doch hatte Karsch Götz sowohl um sein Leben als auch um seinen Tod beneidet. Durch die Hand eines anderen zu sterben, einfach so, ohne Angst empfinden zu müssen, in einem einzigen, blitzartig hellen Augenblick den Geist aushauchen – doch was Karsch auch ersann, um so zu werden wie er, immer gab es da diese Dumpfheit in ihm, die ihn zurückhielt.

Kein Talent.

In ein oder zwei Jahren würde er sich einfach an seine zweite Lebenshälfte machen, und es bestand kaum ein Zweifel, dass er sie an der Seite der sorgfältigen Apfelaufleserin Agnes Saënz zubringen würde. Sie war ihm zwar schon vorher in den Sinn gekommen, doch in Lissabon hatte er nicht einmal die Mühe aufgebracht, ihr eine Karte oder einen Brief zu schicken, um ihr seine überhastete Abreise zu erklären. Er spürte wohl so etwas wie Schuld, schließlich war sie kein Mensch, der Verachtung verdiente, doch wenn er nicht in ihrer Gesellschaft war, dachte er so gut wie nie an sie. Vielleicht lag es daran, dass er sich schon zu sehr an ihre geräuschlose Anwesenheit gewöhnt hatte. Bei festlichen Anlässen gesellten sie sich aus Langeweile gelegentlich zueinander, was sogleich als Zeichen wachsender Zuneigung ausgelegt wurde, doch davon konnte keine Rede sein, sie duzten sich noch nicht einmal.

Karsch empfand die Enge in der Kabine als bedrückend. Er kleidete sich an und ging an Deck, wo mittlerweile eine laue Brise wehte. Der Schaum des Kielwassers leuchtete im Mondschein weiß auf. Auf den Wogen erzeugte der Wind eine leichte Unruhe. Während er über das Meer schaute, spürte er eine undeutliche, nicht benennbare Angst, die er sofort wiedererkannte. Als er noch ein kleines Kind war, hatte man ihn einmal im erdrückend vollgestopften Salon einer seiner vielen Tanten allein zurückgelassen. Er sah sich um und wusste nicht, worin sich er und die zahllosen Dinge, die ihn umgaben, unterschieden. Er war sich nicht sicher, ob die Dinge um ihn herum nicht auch lebten, so wie er, oder ob sie vielleicht tot waren und er demnach auch tot war, genau wie sie. Sein Körper versteifte sich, es war, als würden seine Muskeln erstarren und sich seine Eingeweide zusammenklumpen.

Dass das Meer nun dasselbe Gefühl in ihm hervorrief, war seltsam.

Karsch legte sich in eine Hängematte. Über ihm ein Himmel, den er nicht kannte. Unter diesen Gestirnen müsste sein Leben eigentlich erst beginnen. Der Gedanke gefiel ihm.

15

Als Karsch erwachte, war die Sonne noch nicht aufgegangen, doch es war schon hell. Schläfrig spähte er über den Rand der Hängematte hinaus. An der Reling erblickte er eine hochgewachsene blonde Frau in einem bunt bedruckten Kattunkleid. Sie trug einen breitkrempigen Strohhut mit farbigen Bändern.

Als sie ihn sah, huschte ein schwaches Lächeln über ihr Gesicht.

Moser hatte recht gehabt, ihre Augen waren außerordentlich blau. Vorsichtig wand sich Karsch aus der Hängematte, ängstlich darauf bedacht, nicht zu stürzen.

Er räusperte sich umständlich und stellte sich vor, wobei er nur mit Mühe den Impuls unterdrückte, die Hacken zusammenzuschlagen. Zu seinem Ärger konnte er jedoch nicht mehr verhindern, dass er im Sinne einer Verbeugung sein Kinn kurz stramm auf die Brust drückte.

Als sie etwas sagen wollte, fiel er ihr augenblicklich ins Wort.

»Der Herr Moser hat mir alles über Sie erzählt.« Während er erneut eine knappe Verbeugung machte, entschuldigte er sich für seine aus der Fasson geratene Kleidung und sein unrasiertes Gesicht.

Als der Name des Salpeterhändlers fiel, runzelte sie verwundert die Stirn.

»Alles? Von dem Herrn Moser? Ach so, der Mann mit dem rastlosen Blick.«

Bevor er etwas erwidern konnte, lief sie mit langen, wippenden Schritten davon, die Karsch durch das vollständige Fehlen von Eleganz ein wenig verwirrten. Dabei fragte sie beiläufig über die Schulter, was er sonst noch sei, außer »von Karsch« – lachend imitierte sie seine barsche Stimme –, und was sein Reiseziel sei.

Verlegen erwiderte er ihr Lachen, überlegte kurz, ob er wahrheitsgemäß antworten sollte – früher oder später würde sie es ja doch von Todtleben oder Moser erfahren. Ein wenig widerwillig erläuterte er den Zweck seiner Reise. Während er sich reden hörte, dachte er, dass er in diesem Moment jemand anderes sein müsste, jemand mit einem abenteuerlicheren Ziel im Leben, jemand, der mit blitzenden Augen und strahlend weißen Zähnen irgendwo auf Großwildjagd ging. Vielleicht würde eine Fotografie des Landguts in Pommern ... Auf der Stelle verachtete er sich für den Gedanken, die Karte seiner Herkunft ausspielen zu wollen, und das, wo er sich immer eingebildet hatte, diese sei eher eine Bürde als ein Segen. Doch warum sollte er eigentlich nicht? Wer war denn diese Madame Maris? Von bescheidener Herkunft, so viel schien sicher, aber was wusste er noch von ihr? Nichts, außer dass sie die einzige

Frau im Umkreis von Hunderten von Meilen war, womit zugleich ihr bedeutsamster Reiz benannt war.

Verstohlen musterte er sie. Ihr Gesicht war rosig, als habe sie sich einen leichten Sonnenbrand zugezogen. Als er es etwas genauer betrachtete, erschien es ihm auch leicht aufgeschwemmt, mit weichen Konturen überall dort, wo die Züge junger Frauen für gewöhnlich noch Schärfe und Härte besitzen.

16

Asta Maris erschien nun häufiger an Deck. In den Stunden, die sie in ihrer Kabine verbrachte, lief Karsch unruhig hin und her, vom Bug über das Hauptdeck zum Achtersteven, und fragte sich, was sie dort unter Deck treiben mochte, am Tage musste es dort unangenehm heiß sein.

Auf eine Art, die weder Karsch noch Moser zu ergründen vermochte, fühlte sie sich zu Todtleben hingezogen. Der Lehrer ließ wenig verlauten über ihre Gespräche. Er sagte, sie unterhielten sich hin und wieder über das Wetter und über die Kunst, auch wenn sie sich darunter nicht allzu viel vorstellen sollten. Todtleben kenne ein paar Gedichte auswendig, die er für sie aufsage. Das sei alles. Karsch glaubte ihm.

Moser schenkte sie wenig Beachtung.

»Es rührt sicherlich daher, dass ich ihr erzählt habe, dass ich verheiratet bin«, klagte der Salpeterhändler gegenüber Karsch und Todtleben. »Das macht mich natürlich weniger anziehend für Madame. Ach, wer weiß, was alles noch kommt, und dann werde ich sie einmal …« Er lachte vielsagend.

Ein paar Tage später, als Karsch auf dem Weg in seine Kabine war, hörte er, wie Asta Maris auf dem Gang unter Deck Moser in scharfem Ton anfuhr. Bevor Karsch begreifen konnte, worum es ging, war sie in ihrer Kabine verschwunden.

»Haben Sie uns etwa belauscht?«, fragte Moser ärgerlich, als er Karsch gewahr wurde. Ohne dessen Antwort abzuwarten, fuhr er fort: »Sie fühlte sich in ihrer Ehre verletzt. Aber ich habe es ganz anders gemeint, als sie dachte ...« Er schnaubte voller Verachtung. »Was für ein Theater. Nun ja, was soll man auch erwarten von diesen Schauspielern.«

»Schauspielern?«

»Ach, wussten Sie das nicht? Ich habe ihr erzählt, dass mein Sohn Musiker werden will. Darauf meinte sie, sie könne das sehr gut verstehen, sie sei nämlich Schauspielerin.«

»Das wusste ich nicht«, sagte Karsch. Er hatte sie auch nicht danach gefragt. Irgendwie war es hier auf dem Wendekreis des Steinbocks nicht von Bedeutung, was man an Land trieb.

Karsch kümmerte sich kaum noch um seine wissenschaftliche Arbeit und verbrachte die meiste Zeit in seiner Hängematte. Wenn sie sich an Deck blicken ließ, suchte Asta Maris nun etwas häufiger seine Gesellschaft als die von Todtleben. Sie unterhielten sich über nichts im Besonderen, wodurch sich ein angenehmer Dunstkreis von alltäglichem Geplauder um sie herum bildete, in dem sie sich beide gerne aufhielten. Doch dann wieder zog sie unerwartet für einige Tage die Gesellschaft Todtlebens vor.

Von seiner Hängematte aus starrte Karsch ihnen mürrisch auf ihrem Rundgang über das Deck hinterher und grübelte, worüber sie sich wohl unterhielten. Asta Maris getraute er sich nicht zu fragen, weil er befürchtete, dies könne die Atmosphäre ihres Dunstkreises verpesten. Bei all dieser angenehmen Oberflächlichkeit kam sie jedoch nie dazu, über ihr Leben zu sprechen; das wenige, was sie darüber verlor, hätte sich auch auf manch anderen beziehen können. Karsch störte sich nicht daran, er war es sowieso nicht gewohnt, dass bei Unterhaltungen intime Dinge zur Sprache kamen. Es war ihr kurzes Auflachen, die verständnisinnigen Blicke, die sie austauschten, die in seinen Augen vielversprechend waren. Einmal berührte sie aus einem Impuls heraus mit den Fingerspitzen seinen Arm, um ihren Worten Nachdruck zu verleihen, und ein anderes Mal suchte sie Halt bei ihm, als sie beinahe gestolpert wäre. Auch als sie ihr Gleichgewicht wiedererlangt hatte, ließ sie die Hand noch kurz auf seinem Arm ruhen. Und bevor sie ihn losließ, drückte sie ihn auf nonchalante Art.

Unbedeutende Vorfälle, die ihn so entzückten, dass er sich hinterher nicht mehr daran erinnern konnte, worüber sie kurz zuvor gesprochen hatten. Eigentlich konnte er sich nie besonders viel von ihren Gesprächen ins Gedächtnis zurückrufen, doch das kümmerte ihn nicht weiter, ein Verliebter musste sich das nicht alles merken. Ihre Gesellschaft gab ihm ein Gefühl der Leichtigkeit, das neu für ihn war.

In der Nacht, wenn er in seiner Hängematte zum Himmel aufschaute, nahm er sich vor, ihr künftig etwas freimütiger gegenüberzutreten, doch am Morgen war sein Mut verflogen, und er war wieder genauso zurückhaltend wie immer.

Todtleben verfolgte ihre Bewegungen zerstreut von seinem Deckstuhl aus, in dem er den Tag mit seinem gelben Buch zubrachte.

»Wären Sie nicht immer noch Karsch, Sie hätten größere Fortschritte bei ihr erzielt«, sagte er eines Tages, nachdem Asta Maris in ihre Kabine gegangen war.

Karsch verlangte zu erfahren, was er damit meine.

Todtleben zuckte die Achseln, als sei die Erkenntnis, die er sich anschickte Karsch mitzuteilen, nur von geringer Bedeutung. »Ich dachte, ich hätte mich so einfach wie möglich ausgedrückt. Hier, in diesen Breiten, sind wir nicht mehr diejenigen, die wir waren, als wir ausliefen. Keiner von uns, auch Moser nicht. Sie dagegen schon. Sie tragen Deutschland noch mit sich herum.«

»Ach. Und was ist mit Ihnen, Todtleben?«

»Ich?« Er dachte kurz nach. Er lachte, und sein Gesicht hellte sich auf. »Selbst das Deutsch, das ich mit Ihnen spreche, kommt mir hier fremd vor.«

»Und Asta Maris?«

»Die ist nirgendwo zu Hause.«

17

Zu Mosers Enttäuschung wurde keine Äquatortaufe begangen. Besatzung und Passagiere – mit Ausnahme von Todtleben – hatten alle bereits den Äquator überquert. Auch Asta Maris. Kapitän Paulsen, der die Niederländerin stets kühl und bei einer Gelegenheit sogar rüde behandelt hatte, ohne dass es dafür einen erkennbaren Anlass gab, hatte dem Salpeterhändler mitgeteilt, dass er in ihrem Pass unter anderem Stempel aus Kapstadt, Buenos Aires, Batavia und Macao gesehen hatte.

Eine Schauspielerin reiste naturgemäß viel, doch Karsch fragte sich, wie es sein könne, dass sie die halbe Welt zu ihrem

Tätigkeitsgebiet zählte. Er schnitt das Thema nicht an, weil er es nicht gewohnt war, eine Frau nach ihrem Broterwerb zu fragen, doch ein paar Tage bevor sie Rio de Janeiro erreichten, brachte er es dann doch zur Sprache.

Verwundert blieb sie stehen.

»Aber ich bin doch Pianistin, Franz.«

Verständnislos blickte Karsch sie an. »Hast du denn nicht gesagt, du seist Schauspielerin?«

»Ich? Schauspielerin?« Sie schien zu prüfen, ob sich das Wort eventuell für sie eignen könnte. »Habe ich gesagt, ich sei Schauspielerin? Dir gegenüber? Nun ja, eine Pianistin ist eigentlich eine Art Schauspielerin, nicht wahr? Die eine spielt, was der Schriftsteller, die andere, was der Komponist vorschreibt.« Und als sie unsicher lächelnd zu ihm aufsah, schien es, als sei ihr beinahe etwas entschlüpft, was sie lieber für sich behalten wollte, doch möglicherweise war es nur ein Hauch von Argwohn, der ihn flüchtig gestreift hatte.

Wie dem auch sei, am Tag darauf mied Asta Maris jegliche Gesellschaft, als sie an Deck erschien. Obwohl das Schiff ruhig im Wasser lag, hielt sie sich ununterbrochen an der Reling fest. Als Karsch sie nach einigem Zögern ansprach, sah er, dass ihre Augen fiebrig glänzten. Sie trat einen Schritt zurück, sie wollte nicht, dass er näher kam.

Er insistierte nicht.

Aus einer gewissen Entfernung betrachtete er sie, die unentwegt auf das Meer hinausschaute. Ihr Geist schien in den Glanzlichtern auf dem Wasser zu funkeln, ungreifbar für ihn, unbegreiflich auch, weil er selbst noch nie auf diese Weise auf das Meer hinausgeschaut hatte. Ihr glühender Blick schien mit dem spielenden Licht zusammenzufließen, als bestünde zwischen ihnen eine Verwandtschaft. Er sah ihm aber auch an, dass sie ihn angelogen hatte, und wandte den Blick ab, um es nicht sehen zu müssen.

Als sie ein paar Tage zuvor die Köpfe über ein Buch gebeugt hatten, das Karsch ihr zeigen wollte, war ihm aufgefallen, dass ihr Atem vage nach Alkohol roch. Zunächst meinte er, sich geirrt zu haben, doch eine Bewegung des Schiffes hatte sie gegen ihn geworfen. Sie hatte etwas albern gekichert und war mit ihren großen Tanzschritten von ihm weggelaufen.

»Sie hat keine Seemannsbeine«, hatte Moser grinsend bemerkt.

Bis Rio de Janeiro ließ sie sich nicht mehr an Deck blicken.

II

1

An einer ruhigen Bucht, eingeschlossen von einer sanft gewellten, grün bewachsenen Küste aus Hügeln und stumpfen Bergkegeln, die im Osten noch eine Seemeile für den Atlantischen Ozean frei gehalten hatte, lag Rio de Janeiro. In der Bucht spiegelten sich Blautöne, das Meer bestäubte den Strand mit salziger Gischt, träge ablandige Winde führten die betäubenden Düfte des Binnenlands heran, in den heißen Festungen auf den Inseln rührte sich niemand.

Sonne. Stinkende Kais. Toter Hund. Gärende Ladung, Teer, ein schmutzig rauchender kleiner Zug schaffte Kohlen heran, altes Seegras moderte an Ankerketten. Hafenarbeiter mit schlechten Zähnen kletterten an Bord der *Posen* und verließen das Schiff unversehens wieder. Vier müde Zollbeamte erschienen an Deck, um in Paulsens Kajüte zu verschwinden, zwei von ihnen kamen wieder heraus und stiegen in die Laderäume hinab, tauchten wieder daraus auf und redeten mit dem Ersten Offizier. Die Hafenarbeiter erschienen erneut auf der *Posen*, legten sich mit dem Bootsmann an. Zwischen den Kaffeesäcken und dem Brasilholz erschien eine weiße Droschke, in der niemand saß. Der Kohlenzug fuhr schnaufend weiter. In einem Lagerschuppen wimmelten Wolken von Fliegen über vergessener Ware, die nicht verschifft wurde und gammelnd aus Jutesäcken quoll. Ein Mann in einer ausgewaschenen Hose tauchte in der

Türöffnung des Schuppens auf, schob seinen Strohhut nach hinten, kniff spähend die Augen zusammen, sagte etwas Unverständliches und schob die Tür zu. Eine Dampfpfeife gellte Alarm, in weiterer Entfernung nahmen zwei Lastwagen stotternd Fahrt auf. Die Fahrer hingen aus den Fenstern, scheinbar ohne darauf zu achten, wohin sie fuhren. Ein Kran stieß eine Rauchwolke aus, drehte sich um seine Achse, ein Seil spannte sich. Stückgut zwischen Himmel und Erde. Erneut stiegen Beamte in den Frachtraum hinab, aus dem sie kurz darauf wieder auftauchten. Eigentlich hatten sie die Absicht gehabt, danach das Schiff über das Fallreep zu verlassen, doch Asta Maris war an Deck erschienen, und so blieben sie ungeniert stehen, angezogen von ihrem blonden Haar, das durch eine Perlmuttklammer im Nacken zusammengehalten wurde, ansonsten aber offen auf ihren Rücken fiel. Den hinter ihr aufgetauchten Ernst Todtleben würdigten die Beamten hingegen keines Blickes, obschon er ein sauberes Hemd angezogen und seine Kleider gebürstet hatte.

Vom Achterdeck aus beobachtete Karsch, wie der künftige Lehrer am Deutschen Gymnasium in Santiago seiner Asta Maris in die weiße Droschke half.

2

Moser wusste ebenso wenig, wohin *mevrouw* Maris – er verballhornte das Niederländische spöttisch zu *Maifrau* – und Todtleben gefahren waren, *mevrouw* Maris ziehe ihn ja nie ins Vertrauen, schon gar nicht, wenn es um ihre persönlichen Angelegenheiten gehe, vielleicht halte sie das für unter ihrer Würde, obwohl ihre wenig vornehme Kleidung dazu eigentlich keinen Anlass gebe, doch dass Todtleben ihr Favorit sei, das stehe für Moser fest, obwohl sie natürlich auch stets die Gesellschaft von Karsch gesucht habe, sei es auch nur, weil dieser, mit Verlaub, der prominenteste Passagier an Bord der *Posen* sei, das könne er nicht abstreiten, Tatsachen seien nun mal Tatsachen – er möge sich das nicht zu Herzen nehmen. Was Moser eigentlich sagen wolle: Diese Holländerin und so ein Gymnasiallehrer wie Todtleben hätten wahrscheinlich mehr gemein, als man auf den ersten Blick vermuten würde, auch dafür sprächen die Tatsachen, denn Ernst Todtleben sei aus Deutschland geflüchtet, vor wem oder warum, könne der Salpeterhändler nicht ergründen, aber es stehe für ihn fest, dass Todtlebens Milieu – »*Sogenannte Bildungsbürger, Karsch, Leser und Schwärmer, die ihre Seele mit toten Dichtern und Denkern aufpolieren*« – ihn nicht länger in ihrer Mitte geduldet habe, Moser habe dafür ein Gespür, das nehme er für sich in Anspruch, dies rühre daher, dass genau dieses Milieu ihn immer habe fühlen lassen, dass er nur von bescheidener Herkunft sei.

Wie dem auch sei, sehr lange werde das eh nicht mehr so gehen, und dann würden mit Anbruch der neuen Zeit die Karten neu gemischt.

Und was diese Frau Maris betreffe: Könne sich Karsch noch erinnern, wie sie in Lissabon zugeschaut hätten, als ihr Koffer an Bord geladen wurde, und sei der nicht von allen Seiten mit Etiketten von Eisenbahnen, Schifffahrtsgesellschaften, Reisebüros und Hotels beklebt gewesen? Verheiratet sei Madame nicht, sie trage keinen Ring, spreche nie über ihr Zuhause. Warum reise eigentlich eine Dame – als solche wolle er sie schon noch bezeichnen – mutterseelenallein in der ganzen Welt herum? Von Kapitän Paulsen wisse er, dass ihr Pass Stempel von allen nur erdenklichen Städten dieser Welt aufweise. Was treibe diese Madame eigentlich in so weiter Ferne? Womöglich sei sie auch auf der Flucht, genau wie Todtleben. Wäre es nicht an der Zeit, sie einmal danach zu fragen? Hätten sie nicht ein gewisses Recht darauf? Man dürfe schließlich doch noch erfahren, mit wem man in See stach?

So redete Moser in einem fort, immer wieder zu Karsch aufblickend, um zu sehen, ob seine Worte auch die richtige Wirkung erzielten.

Karsch wusste nicht, was er dazu sagen sollte. Die kaum verhohlenen Unterstellungen des Salpeterhändlers, wonach Asta Maris' Lebenswandel vielleicht nicht so ehrbar sein mochte, wie es auf den ersten Blick schien, hatten ihn verwirrt, alles in ihm stemmte sich dagegen, schlecht über sie zu denken. Und doch musste ein Körnchen Wahrheit in Mosers Ausführungen stecken, auch Karsch hatten schon in einem Augenblick der Muße ähnliche Gedanken beschlichen, wie sie der Salpeterhändler nun offen aussprach. Den möglichen Antworten war er sorgfältig ausgewichen. Angesichts der triumphierenden Miene Mosers wurde ihm bewusst, dass er in den langen Stunden, in denen Asta Maris sich nicht an Deck hatte blicken lassen, ununterbrochen an sie gedacht hatte. Abends hatte er sein Ohr an die Wand seiner Kabine gelegt – zehn Zentimeter war sie dort von ihm entfernt – und mit dem Gedanken gerungen, bei ihr anzuklopfen. Doch er hatte sich vor Augen gehalten, dass er sie nicht stören durfte, jeder Mensch hatte das Recht, sich abzusondern. Wer weiß, zu welchem Zweck Frauen sich zurückzogen? So hatte er die Zeit in seiner Hängematte totgeschlagen, indem er sich immer wieder eine andere Zukunft ausmalte. Stets hatte sie darin eine Hauptrolle gespielt. Mit ihren großen, immer etwas zögerlichen Tanzschritten – er würde lernen, sie zierlich zu finden! – lief sie in seinen Hirngespinsten voraus, er folgte ihr und ließ endlich seinen ewigen faden Ennui zurück. In jeder neuen Zukunft, die er ersann, legte Asta Maris ihre Hand auf seinen Arm, oder streckte sich einladend auf einem weißen Laken für ihn aus, oder beugte sich über ihn und schürzte die Lippen, um ihm Koseworte ins Ohr zu hauchen … Natürlich war es kein wirkliches Leben, das sich dort vor seinem geistigen Auge, stets silbrig zitternd wie eine Luftspiegelung, zeigte, eher war es eine Form von Nichtleben oder, falls so etwas nicht möglich war, ein Zustand von vollkommener Reinheit, in dem sie umherspazierten und in dem die Zeit nicht verging. Nirgends zeigte sich ein Horizont, das übersinnliche Licht war zu grell, um in die Weite sehen zu können. Karsch tat in diesem Paradies nichts von Belang, er arbeitete nicht, dachte nicht nach, vielleicht bewegte er sich nicht einmal – abgesehen vom Spazieren. Glück lähmte. Es machte ihm nichts aus, denn er wollte nirgendwo mehr hin.

Eine Hand legte sich auf seinen Arm.

Karsch schrak auf und blickte hilflos auf die schwarz behaarten Finger des Salpeterhändlers.

»Es gibt noch andere Frauen außer Asta Maris«, versicherte Moser begütigend. »Viele andere. Warum diese eine, wenn es doch so viele andere gibt?« Sein Blick suchte Einvernehmen mit dem Karschs.

Männer unter sich.

Moser fasste ihn am Arm. »*Cherchez la femme*, nicht wahr? Haha! Ich weiß, wo man sie findet ...«

3

Nach kurzem Zögern folgte Franz von Karsch dem Salpeterhändler. Verstohlene Blicke um sich werfend, schlich er zum Fallreep. *Aus dem Frachtraum heraus beobachten mich zerlumpte Hafenarbeiter. Sie wissen natürlich, wer ich bin. Sie denken: Die Blonde ist mit ihrem Liebhaber durchgebrannt, und das haben der Trottel und der Prolet erst jetzt gemerkt.* Mit mulmigem Gefühl ging Karsch von Bord, er hatte keine Ahnung, wohin es gehen sollte, auch fragte er sich, warum er seinen Strohhut aufgesetzt hatte. Der würde in diesem Land wohl ziemlich aus dem Rahmen fallen, man trug hier schwungvollere Modelle, mit breiterer Krempe. Vielleicht hätte er besser an Bord bleiben sollen, in seiner Hängematte, das schwere Parfüm der Stadt verunsicherte ihn bereits jetzt.

Im Hafenviertel war er umgeben von dunklen Gesichtern, von Elfenbeingelb bis Schwarz, anders als in Pommern, wo sie breit und weiß waren. Sie starrten ihn mit gleichgültiger Miene an – er getraute sich kaum, zu ihnen aufzublicken –, als gehöre er nicht zur selben Tierart wie sie, als sei seine Anwesenheit unangebracht und gebe Anlass zu Misstrauen. Nur widerwillig wichen sie ihm aus – gegenüber Moser waren sie entgegenkommender –, räusperten sich und sammelten ihre Spucke, wenn sie an ihnen vorbeigingen. Links und rechts hingen die Frauen aus den Fenstern, die zwischen ihren verschränkten Armen ihren Busen hervorwölben ließen und sich mit schrillen Stimmen unterhielten und lachten, als Karsch und Moser vorübergingen, ihnen unverständlich obszöne Laute nachjohlend. Das Loch eines alten Männermundes gähnte sie an, bleiche Kinder tauchten in Türöffnungen auf und verschwanden wieder. Hier war er nicht mehr Graf von Karsch-Kurwitz oder Dozent am Institut oder auch nur der nette Neffe Franz, der Agnes Saënz ehelichen würde. Hier war er nichts. Die Anwesenheit dieser vielen Gesichter um ihn herum hätte ihn eigentlich von seiner Befangenheit befreien müssen, war er hier doch für jeden ein Unbekannter, doch die Leere in ihm wurde nur immer größer, je tiefer er in die Stadt vordrang, es war, als fließe er aus sich selbst heraus.

Unter anderen Umständen hätte er sich zum Deutschen Club fahren lassen, um sich in einen der kühlen Ledersessel fallen zu lassen und Bier zu trinken, umgeben von dunkler Eichenvertäfelung, doch der unerwartete Aufbruch von Asta Maris in Begleitung von Ernst Todtleben hatte ihn in große Verwirrung gestürzt, und danach hatte eine trübe Stimmung von ihm Besitz ergriffen. Dem Salpeterhändler war das nicht entgangen, Karsch hatte die Schadenfreude in seinen Augen aufblitzen sehen.

Moser ging voraus. Er hatte seinen Baedeker auf der *Posen* gelassen, hier kannte er den Weg, wie er nicht müde wurde zu wiederholen, wenn Karsch sich unruhig umsah.

Er hatte nicht gelogen. In dem Lokal, wo sie etwas essen wollten, wurde Moser nach einigem Zögern vom Wirt wiedererkannt. Den Rest des Abends scharwenzelte der Mann um den Salpeterhändler herum und las ihm die Befehle von den Lippen ab, um sie an die Kellner weiterzugeben, die hinter Zimmerpalmen diskret auf seine Befehle warteten.

Moser ließ immer wieder nachschenken. Jedes Mal, wenn Karschs Glas nur noch halb voll war, deutete er mit dem Messer darauf, worauf die Kellner herbeieilten. Hier war er zu Hause. Links und rechts von ihnen wurden lautstark und für jeden deutlich vernehmbar die Kaffee- und Tabakpreise besprochen. Ringe funkelten im Schein der Kronleuchter, Lackschuhe knirschten, Stimmen spritzten in fortwährendem Streit den Samen ihrer Zwietracht über die Köpfe. Man griff sich an die Nase, beäugte verstohlen des anderen Gemächt. Mit souveräner Unverhohlenheit schickten die Herren begehrliche Blicke zu den benachbarten Tischen und ignorierten die Damen ihrer eigenen Gesellschaft, die routiniert das weiche, wogende Fleisch ihres Dekolletés zur Schau stellten, das in warmen Falten herunterhing, während sie sich nervös wie aufgescheuchte Insekten kühle Luft zuwedelten und sich dabei hinter ihren Fächern Vertraulichkeiten ins Ohr lispelten. Strotzend vor Straußenfedern, die Brust herausgestreckt, das Haar pomadeglänzend, schritten Familien in feierlichem Zug am Tisch von Karsch und Moser vorbei, auf dem Weg zum Abendessen.

Da saß er nun, Franz von Karsch, ein Niemand, offiziell talentlos, von Sehnsucht nach den Umarmungen der Asta Maris geplagt, die jeden Augenblick in einem überirdischen Kleid aus Klebezetteln von Hotels, Reisebüros und Schifffahrtslinien hereinschweben konnte, schwerelos durch die schmachtende Musik des Orchesters, die jeden Gang zu einem Tänzeln werden ließ.

Von Mosers Trank berauscht, feixte Karsch über die glänzenden Seidenwesten der Herren, die ihre Schnurrbärte nach oben strichen und verdauungsfördernde Pillen aus einem goldenen Döschen naschten, das mit einer feinen Kette am Knopfloch befestigt war. Mit einer galanten Grimasse schaute er einem zierlichen, dunkelhaarigen Mädchen in die Augen, das verwundert zurückblickte. Jedes Mal, wenn jemand den Speisesaal betrat, blickte er von seinem Teller auf, als erwarte er, dass Asta Maris mit großen Schritten in Erscheinung treten würde, ein träumerisches Lächeln auf den Lippen, die blauen Augen halb geschlossen.

Karsch ächzte unter der Last seiner Sehnsucht, ließ sich wieder und wieder nachschenken und versuchte vergeblich, seine düstere Stimmung zu bagatellisieren. Vielleicht würde es ihn erleichtern, wenn er jemanden kränken könnte. Nicht auf grobe Art, sondern höflich, das war schlimmer.

»Liebe«, erklärte er unvermittelt und in hochmütigem Ton dem Salpeterhändler, der bis dahin das Gespräch mit geopolitischen Betrachtungen in Gang gehalten hatte, »Liebe mit Frauen ist eine Frage der Biologie.«

Moser musterte Karsch unter seinen dichten Brauen hervor, suchte nach der Falle. »So etwas aus Ihrem Munde zu hören. Sie mit Ihrem Meer und Ihren Wellen – also, von Ihnen hätte ich etwas anderes erwartet.«

»Ich auch, Moser, aber das sind nun mal die Tatsachen.« Er legte los. Die Fortpflanzung diene nicht der Erhaltung der Art, wie vielfach angenommen werde, sondern des Standes. Den höheren Ständen habe seit jeher die erste Wahl unter den verfügbaren Frauen gebührt – und das sei natürlich auch heute noch so, daher rühre ihre natürliche Überlegenheit. Dass sie dabei gelegentlich auch ein wenig weiter über den Tellerrand ihrer Welt blicken, als mit Rücksicht auf das biologische Erbgut vielleicht wünschenswert sei, tue der Sache keinen Abbruch.

Moser hörte sich das grinsend an. Von Zeit zu Zeit sagte er etwas, um Karsch zu noch wilderen Aussprüchen anzuspornen oder zu verleiten.

Während Karsch mit immer geringerer Überzeugung seine Ansichten vortrug, fragte er sich verwundert, ob wirklich er es war, der hier das Wort führte. Er erkannte sich selbst nicht mehr wieder; war er denn vor Sehnsucht nach Asta Maris so verblendet, dass er hier viel zu laut allerlei schändlichen Unsinn verbreitete, in der Hoffnung, auf diese Weise etwas weniger unter seinem Kummer zu leiden? Inzwischen war sein Kopf rot angelaufen, und seine Zunge konnte mit seinen Gedanken nicht mehr Schritt halten.

Errötende Matronen dufteten wie reife Melonen vor ihrem Gläschen Punsch, wie ein nervöser Schwarm von Fischen rauschten die Mädchen vorüber, hinter den Palmen das Klimpern eines Klaviers und die schmelzenden Töne der Geigen und diese Stimme, die immer an der Note hängen blieb, als könne sie sich noch nicht von ihr trennen: All das betäubte den Deutschen in ihm. Täuschte er sich, oder tönte ihm das aufreizende Lachen seiner Mutter in den Ohren? *Warum nimmst du dir nicht die Mollige, mein Junge, oder die dort, mit der knabenhaften Figur?* Quelle garçonne! *Oder die da hinten, die keusche schwarze Madonna mit dem weißen Schwanenhals?* Behaglich ließ er sich zurücksinken und bat um ein weiteres Glas.

4

Moser ließ eine Droschke kommen, sie sollten noch zu einer anderen Örtlichkeit fahren, einer, in der Stand nicht zählte und man Fortpflanzung nur als Zeitvertreib ansah.

Karsch ließ sich mitziehen. Irgendwo in der Stadt, vielleicht ganz in der Nähe, tanzte Asta Maris mit Todtleben. Die großen Schritte, mit denen sie alle vorgeschriebenen Figuren überging, schleppende Arabesken ignorierte, sich dann und wann aus den Armen des schwitzenden Gymnasiallehrers befreite, all das versetzte die Anwesenden in Verzückung. In sich selbst versunken, wirbelte sie wie ein Derwisch an verwunderten brasilianischen Gesichtern vorbei, bis sie sich schließlich vom Erdboden löste und immer zarter und durchsichtiger wurde, sich im Licht Hunderter Kandelaber auflöste und ihren Geist über die Stadt schweben ließ, um ihn, Franz von Karsch-Kurwitz, zu suchen!

Er bekam einen Schluckauf. Die laue Abendluft machte ihn träge, sein Kopf fühlte sich angeschwollen an. Während er in der Droschke Platz nahm, kam ihm in den Sinn, wie er das erste Mal diesen Teil der Welt bereist hatte, als er, jung und unerfahren, wie er damals war, hochmütig festgestellt hatte, dass das Böse sich in diesen Breiten nicht scheu versteckte, sondern ungehindert alles mit seiner Fäulnis zersetzte.

Noch immer war das Wuchern der Welt hier um ein Vielfaches mächtiger als das jämmerliche Treiben der Menschen, denen es, was sie auch anstellten, einfach nicht gelingen wollte, sie sich untertan zu machen. Alles, was sie zuwege brachten, war Schmarotzen, sie naschten von ihren Bäumen, gruben ihre Knollen aus, zapften ihren Kautschuk ab, ließen Quecksilber in ihre Gewässer fließen, brannten ihre Flächen nieder, angelten ihre Fische aus den Flüssen, ohne dass sie etwas von ihrer Unermesslichkeit einbüßte. Was die Menschen ihr auch antaten, hier richtete sie sich immer wieder auf aus dem Humus ihres eigenen Todes. Die Menschheit war hier nicht mehr Herrscher, nicht mehr die Krone der Schöpfung, ohne Machtehrgeiz irrte sie hier umher, unfähig, diese immer weiter fortwuchernde Welt ihrem Willen zu unterwerfen. Nicht nur die Menschen aus der Alten Welt, die Nachkommen der Sklaven oder der eingewanderten Jesuiten waren die Gefangenen dieses Irrgartens, ein jeder war hier heimatlos. Karsch hatte schon auf seiner ersten Reise bemerkt, dass sein Wille, dieser federnde, stets klare, sprühende Energiebrunnen, in diesen Breiten flau geworden war und von der Hitze ermüdet die Neigung hatte, sich gefügig forttreiben zu lassen von diesem einzigen breiten Strom, der sich hier schon seit Menschengedenken träge durch endlose grüne Tunnel von irgendwo nach nirgendwo wälzte. Damals hatte er es als etwas für die hiesigen Länder Typisches angesehen, als eine exotische Verfallserscheinung, gegen die er als Mensch von einem anderen Kontinent immun sei. Er wusste noch nicht, dass einen das gleiche Gefühl genauso gut in Hamburg, in den stillen Arbeitszimmern eines Instituts überkommen konnte.

Als er von dieser ersten Reise zurückkehrte, nahm er eine schwer zu umschreibende Trägheit mit, die ihm bis nach Pommern folgte. Damals hatte er begriffen, dass er sein Leben, wie leicht und rund es ihm auch erschienen war, noch lang nicht zu Ende gedacht hatte. Hier, in diesen Breiten, hatte er zum ersten Mal erkannt, was er im naturwissenschaftlichen Sinn eigentlich war: eine zufällige winzige Wucherung auf der Erdkruste, Moos, Schimmel, Blattlaus, Brüllaffe – in jedem Fall nichts *Notwendiges*. Seine hochfliegenden Erkenntnisse hatten ihre Bedeutung verloren, es zählte nur, was er war, und selbst das nicht wirklich, denn das wenige, was er war, war er doch nur aus Zufall.

Nur hier kam er auf solche Gedanken, nie in Pommern oder anderswo in Deutschland, wo die Gewächse sich seit jeher mühsam, holzig aus der Erde wanden, krumm gewachsen von Anfang an, und karge Früchte trugen, um einen Menschenschlag zu ernähren, der sich damit wohl oder übel zufriedengab.

Hatte er sich deshalb dem Meer zugewandt, um nicht länger damit leben zu müssen?

Die Droschke kam vor einer Villa zum Stehen. Ein verstaubter, mit allegorischen Gipsfiguren geschmückter Prunkgiebel auf korinthischen Säulen und Kapitellen wurde umgeben von einem Meer aus weißen Lilien, das im fahlen Gaslicht aufglühte. Vor einer breiten Treppe warteten Kutschen und Mietdroschken, Pferde schliefen auf drei Beinen, Kutscher standen rauchend beisammen, die Nacht ihrer Kunden war noch lang.

5

Seit sie aus dem Restaurant aufgebrochen waren, war Mosers Redefluss nicht zum Stehen gekommen. Er wollte von Karsch wissen, wie sich das denn nun genau verhalte mit dieser Standestheorie, über die er beim Essen gesprochen hatte. Das interessiere ihn ungemein. Ob Karsch Beispiele nennen könne? Eigene Erfahrungen vielleicht? Aus seinen kleinen Augen sah er Karsch gebieterisch an. Dass ein Mensch durch seine Herkunft bestimmt werde, stehe fest, zumindest für Moser, überzeugt, wie er war, dass er und seinesgleichen die Gesellschaft in naher Zukunft mit frischem Blut versorgen würden.

Ein wenig zu seiner eigenen Verwunderung – er hatte die Geschichte stets für sich behalten – erzählte Karsch von dem Mädchen, das ihn damals, als er krank gewesen war, ins Meer getragen hatte und mit ihm im Wasser untergetaucht war.

»Ja, und? Und? Und?« Moser begriff nicht, was das mit seiner Frage zu tun haben sollte. Ungeduldig beugte er sich über den Tisch, um nichts zu versäumen.

Karsch zögerte. Wo könnten Asta Maris und Todtleben in diesem Augenblick sein? Zerstreut ließ er seinen Blick durch den Saal schweifen, wo Frauen in weißen Korsetts beieinandersaßen und mit koketten Attitüden versuchten, die Aufmerksamkeit der Gäste auf sich zu lenken. Manche hatten bereits einen Schoß nach ihrem Geschmack gefunden, und ihre Zeigefinger drehten neckisch Locken in dünnen grauen Haaren.

Karsch erzählte, dass er zwanzig Jahre nach dem Aufenthalt an jenem Badeort dem Kindermädchen, das ihn damals begleitet hatte, durch einen Zufall wiederbegegnet sei.

»Und?«, drängte Moser.

»Eigentlich war es nichts von Bedeutung. Ich weiß nicht, ob Sie das hören wollen …« Er schwieg und dachte an die Begegnung und was darauf gefolgt war. Das Kindermädchen war mittlerweile unförmig geworden und hatte rote Wäscherinnenhände bekommen. Nachdem sie ein paar Höflichkeiten ausgetauscht hatten, war sie unvermittelt aufgestanden und aus dem Zimmer gegangen. Kurze Zeit später war sie zurückgekehrt, ein Mädchen von etwa siebzehn Jahren vor sich herschiebend, die wie das Ebenbild ihrer Jugend war. Karsch hatte eine merkwürdige Mischung aus Angst und Aufregung gespürt, er wurde von Erinnerungen überwältigt, alle Empfindungen, die er verdrängt hatte, waren plötzlich wieder da: die runden Arme, der sanfte Druck ihres Körpers gegen seinen, die Schenkel, auf denen er gesessen hatte.

Ohne nachzudenken, hatte er die Frau, die keine Arbeit und keinen Ernährer gehabt hatte, eigentlich aus Barmherzigkeit, angestellt, um ein Mal in der Woche seine Wohnung zu putzen. Wenn sie kam, sprach sie oft über ihre gemeinsame Reise ans Meer. Es war offensichtlich, dass sie versuchte, sein Vertrauen zu gewinnen. Nach zwei Monaten brachte sie ihre Tochter mit, angeblich, um ihr beim Putzen zu helfen, doch das junge Ding rührte keinen Finger. Sie saß in der Küche und starrte mit gleichgültiger Miene aus dem Fenster, nur wenn Karschs Blick den ihren traf, lächelte sie kokett. Als er ihre Mutter auf dieses Verhalten ansprach, meinte diese, es wundere sie nicht, ihre Tochter sei etwas frühreif, genau wie sie selbst es gewesen sei. Das Mädchen habe ihr anvertraut, dass der Herr Graf großen Eindruck auf sie gemacht habe. Er sei viel jugendlicher, als sie gedacht habe, und dann all die gelehrten Bücher im Studierzimmer … Es war der Frau nicht entgangen, dass er sich ihr unwillkürlich näher zugewendet und ihre Worte gierig aufgesogen hatte. Als sie das nächste Mal zur Arbeit erschien, nahm die Mutter das Mädchen beim Arm und führte es zu Karsch. Sie solle nicht so schüchtern sein, der Herr Graf werde sie schon nicht fressen. Als Karsch sagte, dass er sie hübsch finde, spürte er, wie ihm die Röte ins Gesicht schoss, und er ärgerte sich, dass er sich zu dieser Bemerkung hatte hinreißen lassen. Er hatte streng erscheinen wollen, väterlich und geheimnisvoll vielleicht – jedenfalls aber unnahbar. Er war jedoch wie Wachs gewesen. Das Mädchen war nicht viel jünger als ihre Mutter zu der Zeit, als sie ihn an jenem Strand in die Arme genommen, an sich gedrückt und mit ihm in das Wasser gestiegen war. Er hatte sich manches Mal gewünscht, er wäre damals älter gewesen, denn bis auf seine Mutter waren ihm wenige Frauen in seinem Leben nähergekommen als sie in jenem Moment. Auch Agnes Saënz nicht. Die hielt ihm bei Begrüßung und Abschied immer ihre Wange hin, doch den Rest ihres Körpers hielt sie sorgfältig auf Abstand. Möglich, dass es gar nicht aus Prüderie geschah, sondern weil sie nun einmal von Natur aus schüchtern war und dabei auch immer andere zugegen gewesen waren, die mit einem ermutigenden Lächeln zugesehen hatten. Inzwischen hatte die Frau, während sie die Schönheit des Mädchens anpries und ihre Armut beklagte, rasch und behände das Leibchen ihrer Tochter nach unten gezogen unter dem Vorwand, ihm die Narbe einer alten Wunde zeigen zu wollen. Abwesend hatte ihre Tochter eine Stelle über dem Kopf von Karsch mit dem Blick fixiert, der wie gelähmt auf ihren jetzt vollständig entblößten Oberkörper geblickt hatte, auf dem im Übrigen keine Narbe zu sehen gewesen war. Er spürte, dass seine Hände zitterten und sein Mund trocken geworden war. Er hatte die Frau zurechtweisen wollen, weglaufen wollen, böse werden wollen, doch stattdessen war er regungslos auf seinem Schreibtischstuhl sitzen geblieben. Während die Mutter an den Röcken ihrer Tochter herumnestelte, als ob irgendetwas an ihnen nicht in Ordnung sei, und dabei insgeheim seine Reaktion beobachtete, ließ Karsch seinen Blick Hilfe suchend über seine Bücher gleiten, die ihm mit einem Mal auf absurde Weise fehl am Platze erschienen. Kichernd standen sie auf den Brettern, die *Annalen der Hydrographie und maritimen Meteorologie*, die Standardwerke von Thoulet, Krümmel, Scott Russell, alles ältere Herren mit Bärten und einer roten Gelehrtenmütze mit Quaste auf dem Kopf. Die gesamte Wissenschaft war durch die Anwesenheit des halb entkleideten Mädchens plötzlich lächerlich geworden, und wenn sie lächerlich war, dann war Karsch es auch, denn schließlich war er nur das wässrige Destillat dessen, was in diesen Büchern versammelt war. Die Anwesenheit einer strahlend weißen Mädchenhaut hatte die Wände seiner Bibliothek mit einem Schlag in die wackeligen Kulissen einer französischen Vaudeville-Komödie verwandelt. Hinter den Türen wartete man auf seinen Auftritt, die ledernen Rücken der Folianten wirkten plötzlich wie auf Leinwand gemalt, am Wandschirm hing Unterwäsche: Das Zimmer wurde für ein Schäferstündchen hergerichtet. Ein salziger Hauch drang bis zu ihm vor, leichter Schweißgeruch vielleicht, verbunden mit etwas Merkwürdigem, das an Zimt und die ätherischen Öle von Zitronenschale erinnerte. Während das Kind ihn mit seinem verführerischen Duft umgab, blickte er in ein Augenpaar, das nur gelangweilt auf ihn herabschaute.

Immer noch in einem fort über das Unglück redend, das sie in ihrem Leben getroffen habe, gab die Mutter dem Kind beiläufig einen kleinen Schubs, um es in greifbare Nähe des Herrn Grafen zu bugsieren. Karsch bemerkte, dass es trotz seiner scheinbaren Gleichgültigkeit unwillig war, denn es hatte sich ganz kurz, eine halbe Sekunde vielleicht, widersetzt. Von widerstreitenden Gefühlen hin und her gerissen, streckte er unentschlossen seine Hand nach dem Kind aus. Die Frau schubste das Mädchen erneut in seine Richtung. Sie, die Mutter, würde dieses Geheimnis mit ihm teilen, schließlich war sie die Anstifterin des Ganzen. Sie hatte schon jetzt Boden gutgemacht, sie konnte fast auf Augenhöhe mit ihm verkehren. Davon abgesehen würde sie diskret sein, doch jeden Moment könnte sie einen vielsagenden Blick mit ihm austauschen, ihm zuzwinkern, mit wissendem Lächeln seine Bewegungen verfolgen, ihn vielleicht sogar an andere Abgründe führen, bei denen sie sich auskannte. So würde sie sich schleichend in seinem Leben einnisten. Sie würde das Geheimnis bewahren, das verstand sich von selbst, aber alles hatte seinen Preis. Zuerst würde sie nur wenig benötigen, später mehr, und vielleicht noch mehr, wenn unvorhergesehene Umstände einträten ... In dem Augenblick, in dem er die Brustspitze der Tochter vorsichtig streichelte, würde er sein erstes Gebiet an die Mutter abtreten. Dies war kein studentischer Unfug mehr, dieses Kind war der Wunschtraum eines Mannes in mittlerem Alter, der solch glattes, duftendes Fleisch schon längst nicht mehr umsonst bekam.

Knapp vor ihrer Brust kam seine Hand zum Stillstand.

Schweißgebadet sprang Karsch auf, hob ihre Kleider vom Boden auf, drückte sie dem Mädchen in die Arme und eilte aus dem Zimmer.

Später ließ er über Dritte mitteilen, dass die Frau und ihre Tochter nicht mehr zu kommen brauchten.

So hatte Karsch seine Ehre gewahrt, seinen Seelenfrieden aber hatte er verloren. Wochenlang befürchtete er, mitten auf der Straße von einem Wildfremden augenzwinkernd angesprochen zu werden, der ihm – ganz im Vertrauen natürlich! – mitteilte, er wisse sehr genau, woran Karsch fortwährend denken müsse.

Er schüttelte den Kopf.
Nein, er würde Moser nichts davon erzählen.
»Ach, eigentlich war es nichts Besonderes …«, wiederholte er. »Es hatte auch überhaupt nichts mit Ihrer Frage zu tun, es war mir nur etwas eingefallen.«
Unruhig trommelte Moser auf der Tischplatte. Da Karsch nicht länger nach Reden zumute war, blieb Moser nichts anderes übrig, als dessen Theorie, wonach der Mensch sich aus Standesbewusstsein fortpflanze, zu verwerfen. Das Gegenteil sei wahr, erklärte er, der Mann lasse sich bei der Wahl seiner Frau von einer wohlüberlegten Zuchtauslese leiten, um seiner Sippe, seinem Stamm und, ja, letztlich auch seiner Rasse zu dienen, um im Kollektiv seinem Genie Geltung zu verschaffen. Vielleicht von seinen eigenen Worten überrascht, richtete sich Moser auf und blickte herausfordernd in die Runde, als habe er mit einem Mal Mut geschöpft, nachdem er durch Zufall dem Leben eines seiner tiefsten Rätsel entlockt hatte.
Karsch kannte die von ihm aufgetischten Ansichten nur zu gut. Obschon sie verhältnismäßig neu waren, hatte er sie sogar im Verein schon gehört, gegossen in brutale, dröhnende Phrasen, die eine dauerhafte Resonanz in den Köpfen erzeugten und jede vernünftige Widerlegung übertönten. Er entsann sich auch, dass sein Vater in Zorn geraten war, als er ihm, noch betäubt vom Neuartigen dieser Gedanken, davon erzählt hatte. Seine Reaktion hatte ihn verblüfft. Mit schriller Stimme und panisch abwehrenden Gesten, als wolle er nichts von solchen

Ansichten wissen, hatte er ihm geboten zu schweigen. Auch später war Franz von Karsch nie ganz dahintergekommen, wodurch sich sein Vater so getroffen gefühlt hatte. War es, weil er es nicht ertragen konnte, dass das gemeine Volk sich jetzt auf einmal auch als etwas Besonderes betrachtete, oder brachte ihn die Auffassung in Rage, wonach er sich im Grunde genommen nicht wesentlich von den Rasserindern auf seinen Ländern unterschied? Wie er seinen Vater kannte, war Letzteres wahrscheinlicher als das Erste, doch wie gut kannte er seinen Vater? Der alte Graf von Karsch war ein nervöser Mann gewesen, mit dünnen Nasenflügeln, die überall Unheil witterten. Er zeigte sich nur ungern in der Öffentlichkeit. Sein Wunsch nach Unsichtbarkeit ging so weit, dass er, solange sich Karsch erinnern konnte, sein Schlafzimmer nicht mit seiner Frau geteilt hatte.

Während Moser seine Zuchtauslese-Theorie mit gewagten Erörterungen und ergänzenden Beweisen versah, schaute Karsch ein wenig zerstreut drei tanzenden Frauen auf der Bühne zu. Im Takt der Musik schüttelten sie ihren Busen und warfen unter Gelächter und Applaus ihre Beine in die Luft, ansonsten brachten sie nicht viel zustande.

Moser, der noch immer das Wort führte, warf Karsch vor, ihm nicht zuzuhören.

Karsch entschuldigte sich. »Ich habe, glaube ich, zu viel getrunken. Was sagten Sie genau?«

Moser ließ Rumpunsch nachschenken und versank wieder in seinen Ausführungen, bei denen er bei Art und Wesen des zukünftigen Menschen angelangt war.

Karsch versuchte, seinen Blick auf das runde Gesicht des unablässig redenden Händlers zu fixieren, merkte jedoch, dass er in der Ferne schärfer sah als in der Nähe – was für ihn nicht so ungewöhnlich war. Er trank von seinem Punsch und lächelte mit feuchten Lippen einer großen Frau in einem hochgeschlossenen Kleid zu. Sie gehörte einer Gesellschaft an, die sich soeben neben ihnen niedergelassen hatte und sofort von den Damen des Hauses umringt wurde. Die Frau neigte den Kopf zu Karsch und Moser und stellte sich auf Französisch als Madame Pereira Pinto vor. Sie bat um Nachsicht für den Herrn in der Gesellschaft – »Monsieur Pereira Pinto, mon mari« –, weil er an diesem Ort von den jungen Damen stets vollkommen in Anspruch genommen werde und dabei die guten Umgangsformen vergesse. Monsieur Pereira nickte ihnen beiläufig zu und umrundete, angestachelt von dem Überangebot an Herrlichkeiten, die Damengesellschaft, als sei er ein Unteroffizier, der seine Rekruten inspiziert. Er hob hier ein Hemdchen an, wog dort eine Hinterbacke in der Hand oder öffnete mit dem Zeigefinger ein Korsett, bis es seine Gattin zu langweilen begann und sie ihm ein Mädchen zuwies, mit dem er unerwartet fügsam verschwand. Madame erläuterte Karsch und Moser seufzend, es sei in der Tat für ihren Gatten nicht einfach, eine Wahl zu treffen, er habe alle Mädchen schon einmal besessen, doch könne er nie für sich entscheiden, welche ihm nun am besten gefallen habe. Darum wähle sie für ihn aus. Sie habe ihm seinerzeit sogar die Ehe antragen müssen, weil er auch damit so lange gezögert habe. Im Leben muss man sich entscheiden, Monsieur, man tut etwas, oder man tut es nicht. Sie wedelte heftig mit ihrem Fächer, als könne sie ihren Mann auch nach Jahren der Ehe noch immer nicht verstehen. Dieses ganze Getrödel sei Zeitverschwendung, man müsse modern sein.

Karsch nickte zustimmend. Sein ganzes Leben war ein einziges großes Zögern gewesen.

Sie beugte sich vor, als wolle sie ihn warnen. »Wir leben schnell, sagt man, und wenn das stimmt, dann ist auch alles schnell vorbei, darum ...« Sie runzelte die Stirn. Mit einem Mal schien sie die Folgen ihrer Worte nicht mehr zu überblicken. Dann zuckte sie die Achseln, wandte sich abrupt ab und begann ein eifriges Gespräch mit den verbliebenen Frauen.

»Sagen Sie«, wandte sich der Salpeterhändler an Karsch, »wird es nicht langsam Zeit, dass auch Sie Ihre Wahl treffen?«

»Ich?« Eine Wahl treffen. Endgültig einen Weg einschlagen und keinen Schritt mehr zurück machen. Deshalb war er mehr oder weniger zu dieser Reise aufgebrochen, vermutete er jetzt, doch wie immer hatte er abgewartet, bis das Schicksal seine Wahl so sorgfältig, aber auch so unentrinnbar für ihn vorgezeichnet hatte, dass von einem Dilemma keine Rede mehr sein konnte. Das unerwartete Auftauchen der Asta Maris – eine Laune des Schicksals – hatte ihn ganz und gar unvorbereitet getroffen. Unfähig, seiner Unsicherheit und seinem endlosen Abwägen ein Ende zu setzen, hatte er die notwendigen Schritte zu einer Annäherung aufgeschoben, mit dem Ergebnis, dass sie nicht mit ihm, sondern mit Todtleben in einer weißen Kutsche davongefahren war.

»Ich wähle nicht aus«, sagte Karsch. »Ich werde ausgewählt.« Es klang hochmütiger, als er es gemeint hatte, doch Moser hatte es bereits in seinem Sinne verstanden.

»Jaja, der Auserwählte«, höhnte er. »Auserwählte sind von gestern. Genießen Sie es nur, solange es noch geht, denn bald sind andere an der Reihe. Dann wird die Mehrheit entscheiden. Über alles. Ob es einem gefällt oder nicht.« Er sprang auf. Karsch folgte mechanisch seinem Vorbild. Der Alkohol rollte ihm wie eine Kugel durch den Kopf. Als er seine Augen wieder öffnete, sah er, dass Moser eine kleine dunkle Frau am Arm festhielt, die er auf ungenierte Weise inspizierte. Prüfend klopfte er ihr auf den Hintern, was sie sich lachend gefallen ließ. Unterdessen setzte er ohne Unterbrechung seine Ausführungen fort.

»Dynamik, darum geht es, Karsch. Handeln. Taten sind wichtiger als Gedanken.«

Die Frau ging ihnen voraus, betrat einen Flur und verschwand durch eine Tür unter einer fahlen Gaslampe. Karsch war ihnen gefolgt, da er nicht genau wusste, was er tun sollte. In der Kammer befand sich, halb hinter einem Wandschirm verborgen, ein Bett, das nur mit einem leuchtend weißen Laken bezogen war. Ununterbrochen weiterredend, gab Moser dem Mädchen einen Schubs, sodass es rücklings aufs Bett fiel. Wieder lachte sie kokett, vielleicht konnte sie nicht anders. Der Senhor wusste, wie man die Sache anpackte.

»Das zwanzigste Jahrhundert gehört mir, Karsch«, rief Moser, während er sein Jackett auszog und in eine Ecke warf. »Gehört uns gewöhnlichen Menschen. Wir werden dann bestimmen, was zu geschehen hat. Es wird ein goldenes Jahrhundert werden. Mein Gott, ein goldenes Jahrhundert.«

»Das fürchte ich auch«, sagte Karsch. Es war ihm gleichgültig, ob Moser mit seinen Mutmaßungen recht behalten würde, doch er störte sich an dessen triumphierendem Ton.

Der Salpeterhändler hatte es vielleicht nicht gehört, denn er hatte seinen Kopf schon mit lustvollem Brummen im Busen des Mädchens begraben. Dann richtete er sich wieder auf und sagte an Karsch gewandt: »Die Welt wird jetzt nach unserem Geschmack eingerichtet. Wir werden abrechnen mit all eurer Dekadenz, eurer Schöngeisterei, eurer Mystik, euren aufgeblasenen Philosophen. Wir werden ein für alle Mal abrechnen mit eurem Wagner und eurem Beethoven und wie die Krachmacher auch alle heißen mögen, wir werden nur noch Operette erlauben. Den ganzen Tag Operette. Den lieben langen Tag

›*Du, du, nur du allein* …‹. Hahaha. Hören Sie das, Karsch? ›*Wiener Blut* …‹ Wir werden euch alles wegnehmen, den Tag, die Nacht, die Tat … Uns wird die Tat gehören. Alle Taten. Und dann euer Hang zum Höheren, weil euch die gewöhnliche Welt nicht gut genug ist … Die Welt der Tatsachen, der Taten, das ist die neue Welt. Das hier, schauen Sie, das ist die neue Welt.« Er schlug den Rock des Mädchens zurück. Beim Luftholen ächzte er vor Erregung, seine Pupillen waren so groß und dunkel wie die Knöpfe seiner Weste. Hastig fummelten seine ungeschickten Finger an seinem Hosenstall. Die neue Welt kicherte.

Das Letzte, was Karsch noch zu Gesicht bekam, war ein Büschel schwarzer, krauser Haare, das unter dem Hemd zum Vorschein kam und aus dem eine exotische Frucht aus rosigem Fleisch taumelnd auftauchte.

»Tatsachen, Karsch, nichts als Tatsachen. Darum dreht sich alles«, hörte er Moser noch rufen, als er bereits auf dem Flur davoneilte.

6

In einer Mietdroschke auf dem Weg zum Hafen zog der Abend immer wieder an ihm vorüber, immer wieder beim taumelnden Fleisch im Schamhaar des Salpeterhändlers endend. Auch wenn Karsch eine Weile an nichts denken oder nur um sich herum die Stadt und den fremden Himmel betrachten wollte, wurden seine Gedanken stets aufs Neue zu den Stunden gelenkt, die er mit Moser verbracht hatte, als sei er zu früh von der Bühne gerannt und habe kurz nicht daran gedacht, dass die Vorstellung noch weiter fortgesetzt werde. Dies führte dazu, dass sich der Salpeterhändler in seiner Erinnerung immer stärker in den Vordergrund drängte, wo doch sein prahlerisches Geschwätz in Wirklichkeit alles andere als Eindruck auf ihn gemacht hatte. An jenem Tisch hatte er ihm gegenübergesessen, der dicke Dämon des Neides und der Missgunst, schwitzend vor Ressentiment gegen alles und jeden, zu dem er in all seiner ererbten Kleinkariertheit aufschauen musste – denn darum hatte sich alles gedreht, all das, wessen Moser Karsch bezichtigt hatte, hätte er selbst sein wollen. Wie gern wäre er selbst in der Lage, seine Mitmenschen zu erniedrigen, wie gern würde er nicht immer mit der niederdrückenden Vermutung leben müssen, dass er stets auf die eine oder andere Weise das Opfer der Rechnung war, welche die hohen Herren untereinander ausgemacht hatten – zu seinen Ungunsten.

Bei dem Versuch, den Salpeterhändler aus seinen Gedanken zu verbannen, spürte Karsch doch ein leichtes Unbehagen, das er, wenn er weniger getrunken hätte, vielleicht sogleich als Unsinn abgetan hätte. Die Überzeugung der Mosers dieser Welt, dass sie, die jetzt noch an der Seitenlinie standen, in naher Zukunft die Macht übernähmen, ließ ihn nicht los. Es war das so unbegreifliche wie unwiderrufliche Gesetz des unaufhaltsamen Fortschreitens aller Dinge, von dem sich Karsch bislang unberührt fühlte und das sich nun in der Gestalt eines Salpeterhändlers offenbart hatte. Es war ihm, als sei ihm der freie Wille entzogen worden und er würde in einem Mahlstrom von unabwendbaren Geschehnissen in die Tiefe mitgerissen, dort, wo die Mosers ihre Quartiere hatten.

Dass die unbeseelte Welt der Dinge den Gesetzen der Natur unterworfen war, hatte er immer als Gewissheit angesehen, an der nicht zu rütteln war, seine wissenschaftlichen Überzeugungen gründeten sich darauf. Dass sich darin jedoch ein Widerspruch verbarg, stand ihm ebenfalls deutlich vor Augen. Schon zu Zeiten des pommerschen Religionsunterrichts wurde dieser ihm ständig triumphierend vorgehalten: Die Schöpfung beschreiben, das mochte ja noch hingehen, doch wie weit konnte das Auge sehen und um wie viel weiter die Seele? Nun? Die Welt der Tatsachen sei doch nicht viel mehr als die Welt der Oberflächlichkeiten. Vielleicht war das auch die indirekte Ursache gewesen, weshalb seine Arbeit an Bord nicht so recht vorangegangen war: Er musste sich schon lange nicht mehr gegen die Welt des Religionsunterrichts auflehnen, musste niemandem mehr seine Unabhängigkeit unter Beweis stellen, doch zugleich musste er sich auch eingestehen, dass er hier mit seinem Fotoapparat und seinen lächerlichen Messgeräten aus Messing nicht viel weiter kam. Selbst wenn er genau wüsste, wonach er suchen sollte, würde er es wahrscheinlich niemals finden. Vielleicht existierte es auch gar nicht.

Zugegeben, in einem Punkt hatte der Salpeterhändler recht gehabt, ein angeborener Hang zu den höheren Dingen war auch bei Karsch vorhanden, weniger stark als bei seinem Vater oder seinen abergläubischen Tanten, die sich mit Vorliebe mit dem Gläserrücken befassten, doch der Drang war da. Er umgab ihn wie eine kaum wahrnehmbare Aura, wer dafür einen Sinn hatte, konnte es sehen. Und nun hatte sich gezeigt, dass diese ehrwürdige Tradition mit einem einzigen höhnischen Gelächter hinweggefegt werden konnte.

Solchen Gedanken hing Franz von Karsch auf dem Weg zum Hafen von Rio de Janeiro in seiner Droschke nach. Er, der immer auf das Unveränderliche aller Dinge vertraut hatte, fühlte sich der Welt, in der er lebte, wehrlos ausgeliefert.

7

Als Karsch den Kai erreichte, fasste er den Vorsatz, nicht dem Vorbild seines Vaters zu folgen und sich in ein Zimmer zurückzuziehen, um dort Schmetterlinge zu präparieren und aufzuspießen, die ihm von den Menschen der Umgebung gebracht oder aus größerer Entfernung zugesandt wurden. Als er jung war, hatte er es so weit wie möglich vermieden, dieses Zimmer zu betreten, weil ihm seines Vaters Vitrinen mit den Faltern zuwider waren. Deren Flügel waren sorgfältig gespreizt, um ihre Schönheit zu zeigen, etwa so wie Götz Wyrow seinen Hurenmädchen befohlen hatte, die Beine zu spreizen, auf dass er das Dargebotene mit einem Glas Champagner in der Hand auf soignierte Weise, sei es auch ohne Anteilnahme, in Augenschein nehmen konnte. Auch Karschs Vater hegte keine tieferen Gefühle für Schmetterlinge. Die Tierchen waren höchstens »bemerkenswert« – eines seiner Lieblingswörter –, ansonsten dienten sie als Alibi für etwas, was Karsch nicht zur Gänze ergründen konnte. Die Flügel der Tierchen bestanden aus einer zarten Gaze, bestäubt mit farbigem Pulver, das an den Fingern haften blieb, wenn man sie ungeschickt anfasste. Gaze und Pulver, die Welt seines Vaters.

Der Schatten der *Posen* erinnerte ihn daran, dass sie morgen den Anker lichten würden. Er würde wieder allein sein mit dem Meer, danach nach Deutschland zurückkehren, wo die Straßen scharenweise von Mosermenschen bevölkert waren, die einander unter ihren dicken Augenbrauen hervor misstrauisch beäugten und ihren Salpeter feilboten. Karsch würde einer von ihnen werden; wenn er zur Toilette ginge, würde er auch sagen, er müsse dorthin, »wohin selbst der Kaiser zu Fuß geht«, und alle Mosermenschen würden ihm lachend zuzwinkern. Wenn er sich vom Tisch erhöbe, würde er auch einen lauten Furz fahren lassen. Ein Arzt hatte ihm einmal erzählt, es sei wissenschaftlich erwiesen, dass ein Mensch im Schnitt fünfzehn Fürze am Tag ließe. Auch der Kaiser. Nun denn. Karsch hob eine Hinterbacke an und ließ einen fahren. Demnächst würden noch vierzehn Stück folgen. Tatsachen sind Tatsachen. Die neuen Zeiten waren wirklich vielversprechend.

Von Schluckauf geschüttelt, stieg Karsch aus der Droschke, musste sich an ihr festhalten, um nicht umzukippen. Er fragte den wachhabenden Matrosen am Fallreep, ob Madame Maris schon zurückgekehrt sei, worauf zurückgerufen wurde, dass sie nicht gesichtet worden war. Daraufhin kletterte Karsch wieder in das Fahrzeug und befahl dem Kutscher, zu wenden und wieder zurück zu der Villa mit den allegorischen Gipsfiguren zu fahren, wo er eingestiegen sei.

8

An den Stufen zum Eingang des Bordells zögerte er. Wenn er in Deutschland ein öffentliches Haus besuchte, verspürte er schon auf halbem Wege vor Aufregung ein Kribbeln in den Lenden, hier und heute fühlte er sich einfach nur müde. Unschlüssig blickte er auf das Meer von Lilien im Vorgarten. Irgendwo in der Stadt hing Asta Maris am Arm von Todtleben, umgeben von festlichem Trubel und Lärm. Ganz bestimmt erwog sie, sich ebenfalls in Santiago niederzulassen, Todtleben würde dort sicherlich eine Dienstwohnung beziehen. Später würden sie sich Kinder zulegen, mit großen Köpfen und delfterblauen Augen.

In der Eingangstür erschienen Madame Pereira Pinto und ihr Mann. Als sie an Karsch vorübergingen, blieb sie stehen und blickte auf die Lilien.

»Die haben die Jesuiten aus Europa mitgebracht. Um die Heilige Jungfrau zu ehren. Einheimische Blumen wollten sie dafür nicht verwenden, denen trauten sie nicht. Verdorbene Natur. Wussten Sie, Monsieur, dass wir in Brasilien Blumen haben, die Fleisch fressen?« Sie lachte, warf sich sittsam ihr Tuch über die Schulter und folgte ihrem Gatten.

Von Moser fehlte jede Spur.

9

Am Morgen getraute sich Franz von Karsch zunächst kaum, seine Kabine zu verlassen. Vorsichtig blickte er durch das Bullauge. Vom Kai aus wurde mit einem Kran Ware in den Laderaum gehievt. Männer mit nackten, schmutzigen Füßen sahen untätig zu. Im Wasser zwischen Schiff und Kaimauer trieb ein toter Fisch inmitten von losem Kistenholz und abgenagten Melonenschalen. Die Sonne glänzte matt auf dem Wasser, das durch einen schmierigen Film aus feinem Staub sein strahlendes Glitzern eingebüßt hatte.

Karsch wandte sich ab. Widerwillig fiel ihm ein, wie er in der letzten Nacht an Bord gekommen war. Torkelnd, noch nach der Frau riechend, die ihn nach der Bezahlung mit einer herrischen Geste auf das Bett gedrückt hatte. Als er seine Sache verrichtet hatte, war er vollends betrunken gewesen. Er hatte laut gerufen, dass er die Brasilianerin heiraten werde, was sie nicht sehr witzig fand. Sie würden in einer Strohhütte an einem Fluss wohnen und den ganzen Tag Fische angeln. Am Ende war er auf Händen und Füßen das Fallreep hinaufgeklettert und wurde an Deck der *Posen* vom wachhabenden Offizier und Moser empfangen, dessen Gesicht ein einziges breites Grinsen war. Neugierig, mit den Händen auf dem Rücken, hatte er sich über Karsch gebeugt, etwa so, wie ein Kriminalbeamter eine Leiche inspiziert.

Nachdem Karsch sich gründlich gewaschen hatte, erschien er im kleinen Speisesaal, wo ihm ein verspätetes Frühstück gebracht wurde. Obwohl ihm ein Matrose die Auskunft erteilt hatte, dass sich Frau Maris an Bord befinde, konnte er sie zu seiner Erleichterung nirgendwo entdecken. Er hätte ihre Anwesenheit nicht ertragen können, weil er sich sicher war, dass seine Schande für jedermann sichtbar war. Außerdem war sein Groll darüber, dass sie ihm Todtleben vorgezogen hatte, immer noch lebendig. Welche Bedeutung sollte er denn den vielsagenden Blicken, den verstohlenen Berührungen während der bisherigen Reise beimessen? Verhielt sie sich immer so, jedem gegenüber? Kaum, denn gegen Moser war sie abweisend, und auch mit Todtleben war sie zurückhaltender umgegangen als mit Karsch. Vielleicht lag es also doch an seinem adeligen Titel? Er würde ihn künftig nicht mehr führen. Er würde neue Visitenkarten drucken lassen, seinen Namen aus dem *Gotha* streichen lassen. Während solche Gedanken ihn beschäftigten, blickte er auf seine schmalen, weiblichen Hände, die noch vom Rumpunsch zitterten. Er streifte den Siegelring mit dem schwarzen Stein von seinem Finger ab und steckte ihn in die Tasche.

Kapitän Paulsen betrat den Raum, begleitet von zwei Männern. Der eine war Polizeiinspektor, der andere, ein Mann mit fahlen Augen, stellte sich mit dem Namen Czyb vor. Er komme von der Botschaft des Deutschen Reichs in Rio de Janeiro und arbeite in der Abteilung für konsularische Angelegenheiten. Sie seien hier, um Erkundigungen über einen gewissen Ernst Todtleben einzuziehen. Ob der Herr von Karsch irgendeinen Hinweis geben könne, wo sich dieser gestern aufgehalten habe.

Karsch schüttelte den Kopf. Todtleben sei gestern mit Frau Maris in die Stadt gefahren, vielleicht könne diese mehr dazu sagen.

»Frau Maris hat ihre Kabine heute noch nicht verlassen«, bemerkte Kapitän Paulsen. »Unter bestimmten Umständen könnte ich sie dazu zwingen, aber ich weiß nicht, ob diese Umstände bereits gegeben sind. Vielleicht kann Ihnen Herr von Karsch doch weiterhelfen.«

»Ist denn etwas geschehen?«, fragte Karsch überflüssigerweise.

Czyb rieb sich bedächtig die Hände. »Ja, dass etwas geschehen ist, das steht wohl fest«, sagte er nach einigem Nachdenken. »Die Frage ist nur, was genau. Der Herr Todtleben wurde mit Verletzungen ins Krankenhaus eingeliefert, und wir« – er deutete auf sich und den Polizeibeamten – »würden gerne in Erfahrung bringen, was sich zugetragen hat.« Um den amtlichen Ton seiner Worte zu unterstreichen, drückte er selbstbewusst den Rücken durch. »Möglicherweise könnten Sie uns etwas über den Herrn Todtleben berichten, das uns bei der Untersuchung weiterhelfen könnte.«

Was konnte Karsch über Todtleben sagen? Im Grunde genommen nichts. Das wenige, was er über ihn wusste, war das, was jeder an Bord wusste, alles andere waren Vermutungen.

»Ich weiß nichts.«

»Hat er Ihnen nie erzählt, warum er Deutschland verlassen hat?«

Doch, davon sei einmal die Rede gewesen. Er sollte eine Stelle als Lehrer in Chile einnehmen. Ferner habe Todtleben keine Besonderheiten erwähnt. Wohl habe Karsch den Eindruck gewonnen, dass Todtlebens Reise nach Santiago so etwas wie eine Flucht gewesen sein könnte, obwohl er nicht wisse, ob das auch wirklich den Tatsachen entspreche.

»Aha, eine Flucht. Und wovor?«

»Es gibt viele Dinge, vor denen ein Mensch weglaufen kann«, antwortete Karsch ausweichend.

»Und die wären?«

»Das schlechte Wetter in Deutschland, zum Beispiel.«

Czyb fand das nicht komisch.

Kurz nachdem die Herren aufgebrochen waren, betrat Asta Maris den Speisesaal. Karsch folgte ihren Bewegungen mit den Augen, den großen federnden Schritten, die ihre Haare tanzen ließen … Abrupt erhob er sich, grüßte sie mit einer förmlichen Verbeugung und machte Anstalten aufzubrechen.

Sie hielt ihn verwundert auf und fragte, ob sie vielleicht etwas verbrochen habe, dass er sie so unfreundlich behandle. Um einer Antwort zu entgehen, fragte er, ob sie schon gehört habe, dass Ernst Todtleben verwundet im Krankenhaus liege. Sie sei doch gestern mit ihm weggefahren, vielleicht wisse sie mehr über den Unfall, womöglich sei sie dabei gewesen, vielleicht sei sie gar die Letzte gewesen, die ihn gesehen habe. Es klang unfreundlicher, als er beabsichtigt hatte.

Sie hatte mittlerweile mit dem Kapitän und den beiden Herren gesprochen.

Karsch hoffte, dass sie es dabei belassen würde und er sich

mit Anstand entfernen konnte. Unter ihrem fragenden Blick kehrten Bruchstücke der vergangenen Nacht zurück, wie sich die Brasilianerin auf ihm bewegte, ihr Haar über sein Gesicht strich – wie eingeschlossen war er in ihrem Körper, den man hierzulande für eine Handvoll Münzen bekommen konnte. Der Geruch von Blut. *Schlachttag in Pommern. Männer mit langen Schürzen, die Dampfwolken aus ihrem Mund lachen und Schnaps trinken. Abends sinkt der Nebel, und schweflige Schwaden hängen über dem Land.* Schweiß rann Karsch in die Augen. Mit den Bewegungen der Frau auf und ab wippend, starrten ihn dunkle, purpurne Brustwarzen mürrisch an, Nachtfalter hüpften um die Lampe.

Alles wartete darauf, dass sich dieses ekelerregende, dieses prickelnde und schlaff machende Gefühl seiner bemächtigte, wartete auch auf dieses Gefühl der Wehrlosigkeit, das weiter ging als nur bis zu diesem Augenblick der Erlösung, das alle ihm bekannte Lust übersteigen würde, um zu dem einen zu gelangen, welches einst aus der stinkenden Finsternis der Erde aufgestiegen war, um sich nun in ihm auszubreiten.

Das Gefühl verebbte jedoch, ohne seine Bestimmung erfüllt zu haben und ohne eine Spur zu hinterlassen, der feine Gazeschleier, der seinen Blick abgeschirmt hatte, wurde weggezogen, und die Welt fand wieder zu ihren scharfen Umrissen zurück. Zugleich überkam ihn auch Melancholie, da er das wenige, das jetzt schon wieder verflogen war, nie mehr ungeschehen machen konnte. Wie lange würde er sich erinnern, dass er hier gewesen war, bei einer jungen Frau, die sich jetzt an einem Waschbecken untenherum abspülte – im Schein der Öllampe beinahe so lieblich anzusehen wie auf einem Gemälde eines holländischen Meisters – und sich ihm danach geschäftsmäßig mit einem Tuch zuwandte, um ihn abzutrocknen, als habe er sich soeben einer medizinischen Behandlung unterzogen? Draußen in den Lilien zirpten die Grillen.

Als Asta Maris den Raum betreten hatte, musste sie von seinem Fehltritt gewusst haben. Frauen können die Anwesenheit von Rivalinnen riechen, meinte Karsch und verbarg seine Hände unter dem Tisch.

Asta Maris lächelte. »Nein, Franz, ich weiß von nichts. Ernst Todtleben ist bis zum Stadtzentrum mitgefahren und dort ausgestiegen.« Kurz zeigte sich ein Anflug von Unsicherheit in ihrer Haltung, doch dann richtete sie sich auf und verließ den Raum.

10

Im Krankenhaus war Todtleben in einem Einzelzimmer untergebracht. Sein Gesicht war auf der einen Seite verfärbt und aufgedunsen, die Schwellung hatte das eine Auge zusammengedrückt, wodurch er auf dieser Seite einem schlafenden Säugling glich. Nein, er habe keine großen Schmerzen mehr, der Arzt habe ihm etwas zu trinken gegeben, was gut wirke, auch wenn er davon schläfrig geworden sei und seine Gedanken nicht mehr richtig sammeln könne.

Bevor ihn Karsch danach fragen konnte, berichtete Todtleben, er wisse nicht, was geschehen sei, er sei unvermutet von hinten überfallen worden. Als er wieder zu sich gekommen sei, habe er bereits in diesem Krankenhaus gelegen.

»Aber wie kann so etwas am helllichten Tag geschehen, mitten in einer Stadt wie dieser?«

»Mitten in der Stadt? Wie kommen Sie denn darauf?« Todtleben klang erstaunt.

»Asta Maris hat Sie doch im Zentrum abgesetzt?«

Todtleben schwieg einen Augenblick. »Hat sie das gesagt?«

»War es denn nicht so?«

Todtleben schien die Vor- und Nachteile seiner Antwort gegeneinander abzuwiegen. »Nein«, erwiderte er, »nicht ganz. Ehrlich gesagt: ganz und gar nicht.«

Er richtete sich im Bett auf, ließ sich jedoch sogleich wieder mit schmerzverzerrter Miene zurücksinken. Offenbar hatte er noch andere Verletzungen. »Sie hat mich zu einem Chinesen mitgenommen, zumindest sah er so aus. Sie schienen sich zu kennen, denn sie begrüßten sich wie alte Freunde. Ich glaube, sie sprachen Niederländisch miteinander. Nach nur wenigen Worten verschwand sie mit ihm in einem Zimmer, danach habe ich sie nicht mehr gesehen. Nach einer halben Stunde begann ich mich zu langweilen und ging auf die Straße. Dort muss es passiert sein. Das ist alles, was ich weiß.«

Als Todtleben merkte, dass Karsch von seiner Schilderung enttäuscht war – »War das etwa alles?« –, winkte er müde ab. »Nein, das ist nicht alles, aber es ist nun mal eine lange Geschichte«, sagte er. »Den Rest werde ich Ihnen bei anderer Gelegenheit erzählen.«

Beide wussten, dass dies nie geschehen würde.

»Störe ich?« Mosers Kopf erschien in der Tür, kurz darauf folgte der Rest des Salpeterhändlers.

Karsch spürte, dass ihm das Blut ins Gesicht schoss. »Ja«, sagte er eisig, »Sie stören. Sie stören immer.«

Moser wedelte beschwichtigend mit den Händen. »Aber, aber, halten zu Gnaden, Herr Graf. Bitte, ich versteh ja, dass Sie eine Entschuldigung von mir erwarten.« Er zog den Hut und drückte ihn mit einer gezierten Bewegung an die Brust. »Sie müssen wissen, Todtleben, ich habe mich gestern etwas gehen lassen. Rumpunsch. Sie kennen das. Jeder trinkt wohl hin und wieder zu viel Rumpunsch, so etwas kommt vor. Da ich nun einmal hier bin – geht es Ihnen wieder ein wenig besser, Todtleben? Ich habe dem Herrn Grafen gestern in groben Zügen die Zukunft ausgemalt, und ich fürchte, unter der Wirkung des Rumpunsches habe ich meinen Ausführungen vielleicht zu viel Nachdruck verliehen. Ich schilderte ihm die Aussicht auf eine Zeit ...«

»Todtleben ist verletzt, Moser«, unterbrach ihn Karsch. »Lassen Sie ihn in Ruhe.«

»Ja, das sehe ich, dass er krank ist. Ich wollte ihm nur erklären, weshalb ...«

Karsch unterbrach ihn ein weiteres Mal. »Niemand hat etwas gegen Ihre Auffassungen einzuwenden, auch wenn ich sehr wohl etwas gegen gewisse äußerliche Merkmale Ihrer Erscheinung habe, deren Anblick Sie mir gestern Abend bedauerlicherweise nicht erspart haben.«

Moser grinste halb beschämt, halb herausfordernd, wischte sich über das Gesicht, setzte sich den Hut wieder auf und fragte Todtleben abermals nach seinem Befinden.

»Ich werde es schon überleben«, antwortete dieser.

»Hat er schon erzählt, wo er und die Maris gewesen sind?«, wandte sich Moser an Karsch.

»Ja.«

Die Antwort enttäuschte Moser. Er schnalzte nachdenklich mit der Zunge. »Nun«, sagte er, »Schwamm drüber, vergessen wir die Angelegenheit. Ich bin eigentlich nur gekommen, um mich von unserem lieben Ernst zu verabschieden, da er hierbleiben und heute Abend nicht mit uns weitersegeln wird.«

Verwundert blickte Karsch auf Todtleben.

Dieser nickte, er bleibe hier, er fühle sich nicht gut genug, um die Reise fortzusetzen.

Moser grinste und klopfte Todtleben mit einem »Kopf hoch, alter Junge« vorsichtig auf die Schulter.

Karsch fragte, ob er etwas für ihn tun könne, doch Todtleben schüttelte den Kopf und schloss die Augen.

Später, auf dem Flur, fragte Karsch, woher Moser so sicher gewusst habe, dass Todtleben nicht mit der *Posen* weiterreisen werde. Der Salpeterhändler deutete auf einen Polizeibeamten, der auf dem Flur gegenüber der Tür zum Krankenzimmer vor sich hin döste und den Karsch zuvor nicht bemerkt hatte.

»Was hat das zu bedeuten?«

»Ja, ist Ihnen denn gar nicht aufgefallen, dass die Fenster von Todtlebens Zimmer vergittert waren?«, fragte Moser. »Das ist kein Schutz vor Einbrechern. Sie wollen ihn noch eine Weile hierbehalten.«

Karsch kam sich dumm vor.

Eine Nonne, die mit ihrer weißen Flügelhaube aussah wie eine große Lilie – noch eine Lilie, die von den Jesuiten hier eingeführt worden war –, schob einen Wagen zur Tür, zischte dem dösenden Polizisten etwas zu, der aufschrak und sich zerzaust umsah, und betrat danach das Krankenzimmer. Karsch spähte über ihre Schulter und erhaschte noch einen kurzen Blick auf Todtleben. Er lag auf der Seite, den Rücken der Tür zugekehrt. Das Laken war von ihm abgeglitten, durch sein verschwitztes Hemd schimmerten Blutflecken, die durch den Verband gedrungen waren. Unwillkürlich fühlte sich Karsch an den Rücken des sterbenden Galliers erinnert, der in den Kapitolinischen Museen in Rom schon seit Jahrhunderten bezwungen das Haupt neigte. Verärgert wandte er sich ab. Die edle Ausstrahlung dieser von der Patina jahrhundertelanger Bewunderung glänzenden Figur, von der eine kleine Bronzereplik auf Karschs Schreibtisch stand, hatte natürlich äußerst wenig gemein mit dem schmuddeligen Rücken des Gymnasiallehrers, dem kein Heldentum, sondern eher etwas Schuldbewusstes anhaftete, als hätte er sein Unheil selbst herbeigeführt – auch wenn er hinterrücks von einer Bande von Straßenräubern niedergeschlagen worden war.

Moser zündete sich eine Zigarre an. »Todtleben kann viel erzählen«, sagte er, »aber er bleibt ja nicht aus freien Stücken hier, er hat gar keine andere Wahl.«

Karschs Straßenräubertheorie löste sich in Luft auf. »Glauben Sie denn, dass er etwas verbrochen hat?«, fragte er ein wenig naiv.

Moser zuckte die Achseln. »Was weiß ich. Er hat natürlich nicht genug Geld, um die Polizei zu bestechen. Es steht zu vermuten, dass die Tarife hierzulande gesalzen sind.« Dass der Gymnasiallehrer, der ihn so oft übertrumpft hatte, jetzt in Schwierigkeiten steckte, schien ihn vollkommen kaltzulassen.

11

In der deutschen Botschaft sprach Karsch bei Botschaftsrat Czyb vor. Dieser war von eher bescheidener Herkunft, weshalb er sich regelmäßig im Ungewissen darüber befand, welchen Platz er auf der gesellschaftlichen Leiter einnahm. Auf den Sprossen, auf denen er stand, herrschte dichtes Gedränge. Als Czyb Karschs vollständigen Namen las und die Grafenkrone in Prägedruck auf der Visitenkarte sah, veränderte sich seine Haltung mit einem Schlag. Er ließ Getränke bringen, schob einen Stuhl für seinen Gast heran, nahm selbst unter dem Porträt des Kaisers am Schreibtisch Platz und drückte befriedigt die Fingerspitzen aneinander: ob der Herr Graf nach Brasilien gekommen sei, um auf die Jagd zu gehen. Ach so, wissenschaftliche Untersuchungen. Weitere Einzelheiten dazu begehrte Czyb nicht zu erfahren. Ob er fragen dürfe, aus welchem Teil Deutschlands die Familie von Karsch-Kurwitz komme. Ach, Pommern, dort besitze Czyb ebenfalls Verwandte und seit einiger Zeit ein recht anständiges Landgut. Es grenze beinahe an die Besitztümer der Bismarcks. Die kenne Karsch sicherlich. Adel unter sich. Merkwürdige Leute übrigens, diese Bismarcks, aber da verrate er ihm sicherlich nichts Neues. Gingen in langen Unterhosen auf die Jagd. Habe der Landgutsbesitzer Czyb höchstpersönlich miterlebt. Ein Großneffe des Kanzlers, morgens um vier Uhr ... Hahaha. Ja, die Bismarcks, das seien ihm vielleicht welche. Alle mit Backenbärten, genau wie der Alte. Und das in den heutigen Zeiten. Backenbärte. Aber ein Segen für Deutschland, keine Frage.

Wie bitte? Ach, Todtleben. Was sei mit dem? Warum erkundige sich der Herr Graf eigentlich nach dieser Person? Czyb habe ihn im Krankenhaus durch einen Untersekretär besuchen lassen. Es fehle ihm an nichts.

Karsch erwiderte, dass er es mehr oder weniger als seine Pflicht ansehe. Sie seien Reisegenossen. Nicht dass sie sich wirklich angefreundet hätten, doch ein solcher Aufenthalt an Bord eines Schiffes schaffe doch ein gewisses Band. Während Karsch seinen Besuch näher erläuterte, fragte er sich, ob Czyb durchschaute, dass er ihm etwas vormachte. Nicht im Mindesten war es Anteilnahme an Todtlebens Schicksal, die ihn dazu gedrängt hatte, die Botschaft aufzusuchen, er wollte lediglich herausfinden, wo Asta Maris gewesen war, und hatte gehofft, dass Czyb ihm dabei weiterhelfen könnte. Sich selbst gestand er ohne Umschweife ein, dass er es mit diesem Besuch übertrieb. Er verhielt sich wie ein abgewiesener, auf Rache sinnender Liebhaber. Es gelang ihm einfach nicht, von ihr loszukommen. Vielleicht wäre ihm das erst möglich, wenn er alles über sie wüsste, wenn sie keine Geheimnisse mehr vor ihm hätte, wenn er all ihre Rätsel entschlüsselt hätte, wenn die fast magische Aura, die sie umgab, erloschen und sie in die Welt der Sterblichen zurückgekehrt wäre – zu ihm.

Leider kannte Czyb nicht alle Einzelheiten des Falles Todtleben, das gehöre auch nicht zu seinen Aufgaben als Botschaftsrat, wie er befand. Aber etwas merkwürdig sei der Fall schon. Ein Unbekannter habe die Botschaft auf die Sache aufmerksam gemacht und gemeldet, dass ein deutscher Staatsbürger verwundet im Krankenhaus liege. Dort habe sich herausgestellt, dass die Polizei ihn bewachen ließ, was darauf hinauslaufe, dass er unter Arrest stehe. Czyb habe selbstverständlich die Polizei aufgesucht, um Genaueres zu erfahren, das sei seine Aufgabe, und habe dort Todtlebens Papiere eingesehen. Czyb habe den

Betrug sofort durchschaut, schließlich sei er schon etliche Jahre im Dienst. Der Reisepass dieses Herrn sei gefälscht gewesen, es stehe demnach nicht einmal fest, ob dieser Herr auch wirklich derjenige sei, als der er sich ausgebe. Hierauf habe Czyb die Sache telegrafisch nach Berlin gemeldet und warte nun auf Antwort. Solange er diese nicht erhalten habe, könne er nichts tun. Bitte nehmen Sie doch noch ein Gläschen, Herr Graf, es ist ein guter Tropfen, der beste, den Sie hier bekommen können. Wahrhaftig, dass Sie aus Pommern stammen, wie klein ist doch die Welt.

Als er wieder draußen stand, überlegte Karsch, ob er noch zur Polizeidienststelle gehen sollte, um weitere Auskünfte zu erhalten, doch er hatte es versäumt, Czyb zu fragen, welches Revier die Sache bearbeitete. Möglich immerhin, dass man bei anderen Dienststellen etwas über einen Niederländisch sprechenden Chinesen wusste, doch er verwarf den Plan wieder, er war des Portugiesischen nicht mächtig. Vergeblich grübelte er darüber nach, welchen Grund ein Gymnasiallehrer haben mochte, um mit einem falschen Pass nach Santiago zu reisen. Eine Welle von Eifersucht durchströmte ihn: Hinter diesem ungerührten Äußeren mit diesem schläfrigen Blick verbarg sich also mehr als nur ein Leben. Karsch versuchte sich zu erinnern, ob es Augenblicke gegeben hatte, an denen Todtleben etwas davon preisgegeben hatte, doch das Einzige, was ihm durch den Kopf ging, war das pathetische Bild des Rückens mit dem durchschimmernden Blutfleck, und nur mit Mühe konnte er einen Anflug von Ekel unterdrücken. Er hegte keine Abneigung gegen Todtleben – die hätte höchstens aufkeimen können, wenn er den Grund für den falschen Pass erfahren hätte –, doch es ärgerte ihn, dass er hier, am anderen Ende der Welt, unerwartet in das intime Leben von Unbekannten wie Todtleben, Moser, ja auch Asta Maris hineingezogen wurde. Er war einer von ihnen geworden, er stand gewissermaßen mit dem Hut in der Hand mitten unter ihnen auf einem Platz, um den Kaiser vorbeireiten zu sehen – Jubel braust auf, Augen glänzen, Menschen winken und drängen sich in ihrer Begeisterung eng an Karsch heran, um nichts zu verpassen von dem Schnurrbart und dem Adler auf dem Helm –, und er, Karsch, winkte mit, weil er nicht den Mut hatte, mit zusammengepressten Lippen und auf dem Rücken gefalteten Händen den Kaiser vorüberreiten zu lassen und hinterher den wütenden Blicken der Hurrapatrioten standzuhalten, die ihn in anklagendem Ton fragten, warum er seinen Hut nicht in die Luft geworfen habe, als »unser Willi« vorbeigeritten sei, und er sich dann nicht getrauen würde, ihnen zu entgegnen, dass er sich vor ihnen ekle, nicht weil sie den Kaiser liebten, sondern weil sie gegen ihn, Karsch, drängten und ihn in sich aufnahmen, seinen Willen und sein Wesen aufgehen ließen in ihrer tausendköpfigen Leere ...

12

Er würde nichts davon sagen. Es war nie etwas geschehen. *Todtleben? Kenne ich nicht. Moser? Nie gehört.* Karschs Zunge würde sich weigern, ihre Namen auszusprechen.

Als er nach dem Besuch in der Botschaft wieder auf der *Posen* anlangte, war es schon beinahe Mittag. Unterwegs hatte er irgendwo etwas gegessen, jetzt legte er sich an Deck in seine Hängematte, um ein wenig zu schlafen. Die Gläschen des

Botschaftsrats hatten den Rumpunsch des vorangegangenen Abends zu neuem Leben erweckt.

Gegen vier wurde er wach. Nicht weit von ihm entfernt ruhte Asta Maris in einem Deckstuhl. Heimlich beobachtete er sie. Je länger er hinsah, desto rätselhafter und begehrlicher erschien sie ihm, zugleich entstand aber auch der Wunsch, sie zu verletzen, aus Wut darüber, dass sie Macht über ihn hatte und er schwach war und dass er ihr gehorchen würde, wenn sie es verlangte. Lauter Widersprüchlichkeiten und Gegensätze, die in Karschs Brust zu einem bittersüßen Amalgam verschmolzen, ein untrügliches Kennzeichen jeder Verliebtheit. Unwillkürlich richtete er sich auf, um sie besser sehen zu können, womit er sich jedoch verriet. Sie lachte, setzte ihren Strohhut mit den Bändern auf und kam auf die Hängematte zu.

Ob er mit ihr in die Stadt gehen möchte.

Sie wolle einen Spaziergang durch einen wunderschönen Park machen.

Vom Hafen sei es nur eine halbe Stunde zu Fuß.

Sie würde sich sehr freuen, wenn er mitkäme.

Die *Posen* werde frühestens am Abend den Anker lichten.

Sätze, die in einer immer süßer lockenden Intonierung endeten, als ob er und Asta Maris schon seit Jahren verheiratet wären und sie mittlerweile wüsste, dass sie ihn überreden müsste, damit er sie in Gärten und Parks begleitete. Ein warmes Glücksgefühl durchströmte ihn, ließ ihn erröten. Spazierengehen im Park, du meine Güte, das war eine seiner Stärken! Seine ganze Familie ging in Parks spazieren, und auch Agnes Saënz besaß dafür eine ausgesprochene Vorliebe. Er ließ sich aus der Hängematte gleiten.

Niederländische Chinesen in Rio de Janeiro? Noch nie davon gehört.

Sie nahmen eine Droschke. Die Bänder an ihrem Hut flatterten im Wind.

Todtleben? Moser? Wer soll das sein?

Unterwegs machte sie ihn auf eine alte Jesuitenkirche aufmerksam, ansonsten sagte sie nichts von Belang.

Der Park war vom Entwurf her europäisch, ansonsten jedoch durch und durch exotisch. Eine überreiche Fülle an Pflanzen und Blumen säumte die breiten Wege, die von Baumkronen beschattet wurden, aus denen Girlanden von weißen und rosa Blüten herabhingen. Die Luft war von schweren Düften geschwängert, die zuweilen als kleine, süße Tröpfchen an Gesicht und Händen kleben zu bleiben schienen.

Asta Maris erweckte den Eindruck, als könne ihr nichts etwas anhaben. Während sie mit ihrem wiegenden Gang neben ihm einherschritt, schien es, als befände sie sich mit den Gedanken in einer kühlen, stillen Umgebung irgendwo im hohen Norden dieser Welt. Meistens bekamen von dort stammende Menschen in den hiesigen Breiten rote Gesichter und einen nassen Rücken. Doch sie ... Wenn sie sich bewegte, klimperte irgendwo leise eine Windharfe. Sie wurde immer durchsichtiger, so schien es, ihre Finger, die den Sonnenschirm festhielten, waren knochiger, als er in Erinnerung hatte.

Schauspielerhände oder Klavierspielerhände?

Sie redete in einem fort auf ihn ein, und in ihrer Stimme schwang die Begeisterung mit, über alles, was sie sah. Sie zeigte mit dem Finger auf Papageien, verfolgte mit dem Blick einen Schmetterling, roch an Blumen, entdeckte einen Kolibri und stützte sich ab und zu auf seinen bereitwilligen Arm, wenn sie, ein Stolpern vortäuschend, ins Taumeln geriet.

Karsch räusperte sich und blickte lächelnd nach links und rechts. Er war glücklich.

Ihre kleinen Lügen und halben Wahrheiten? Missverständnisse, alles Missverständnisse.

Sie sagte, sie sei früher in Holland oft in den botanischen Garten der Universität Leiden gegangen. Als er sie fragte, ob sie dort geboren sei, schüttelte sie den Kopf. Solche Dinge hätten keinerlei Bedeutung, wenn man hier am anderen Ende der Welt sei, fand sie. Jeder sei irgendwo geboren. Jemand habe ihr einmal erklärt, dass jeder Punkt auf der Erde gleich weit von ihrem Mittelpunkt entfernt sei, daher seien im Prinzip alle Orte auf der Welt gleich.

Karsch nickte und fragte nicht, was dieser Mittelpunkt eigentlich damit zu tun habe. Er wollte nichts zerstören, also sagte er auch nicht, dass sie für ihn der Mittelpunkt von allem sei. Die heitere Stimmung, die über ihrem Spaziergang lag, musste unbedingt aufrechterhalten werden. Er schritt neben ihr einher, den Kopf leicht zur Seite geneigt, um nichts von ihr zu versäumen. Vielleicht sollte er hierbleiben, auch sie dazu überreden, und sie würden fortan ihre Tage in diesem Park verbringen. Er blickte nach links und nach rechts und fühlte sich wohl, vielleicht waren die Tropen doch das Richtige für ihn.

Zu seiner Verwirrung sprach sie über ihn. Er hätte sie gern davon abgebracht. Sie sprach über seine wissenschaftliche Arbeit, von der sie nichts wisse, über die sie aber alles wissen wolle. Worte, die wie Honig auf der Zunge zergingen, gesprochen, während sie auf der Kante einer Bank saß, die Hände im Schoß gefaltet – auch hier hielt er den Kopf geneigt. Allein der anmutig gebogene Hals und die Bänder, die sich kokett an seine Rundung schmiegten …

Karsch zog sich hinter seine Mauern zurück. »Ich bin gar nichts Besonderes«, sagte er mit falschem Lachen. »Ich habe kein besonderes Talent. Gut, ein bisschen für Mathematik und

Physik, aber im Übrigen für nichts. Ich kann eine schöne Aussicht genießen wie jeder andere auch, oder eine schöne Musik, aber immer nur in demselben Augenblick, wenn alle anderen sie auch genießen.«

Das Spöttische wich aus seiner Miene. Er wandte den Kopf ab. »Ich fliege im großen Schwarm mit, werde aber nie der vorderste Vogel sein. Ich weiß jetzt, dass sich dieser nur zufällig dort befindet, weil der Schwarm eine bestimmte Form angenommen hat, und nicht, weil er den Platz erobert hätte. Vielleicht bin ich deshalb ein unzufriedener Mensch, Asta. Aber das fällt niemandem auf, weil jeder unzufrieden ist. Vielleicht ist Unzufriedenheit eine große Tugend.«

Sie widersprach ihm nicht. In diesem Augenblick bemerkte Karsch eine Kühle, die sich in ihm ausbreitete und die er sofort zu verjagen suchte. Er lachte laut und tat fröhlich, was ihm nicht überzeugend gelang. Sie wollte ihre Hand tröstend auf seinen Arm legen, doch er war schon aufgesprungen, nur, um sich sofort wieder zu setzen, in der Hoffnung, ihre Hand möge ihr Ziel doch noch finden, und wieder aufzuspringen, als sie stattdessen den Sonnenschirm ergriff.

Etwas war falsch gelaufen. Sie gingen noch einmal hundert Meter schweigend weiter, versuchten ein paarmal ein Gespräch zu beginnen, das jedoch stets nach dem eröffnenden Satz wieder erstarb.

Schließlich schlug Karsch vor, zum Schiff zurückzukehren, sie wollten doch nicht zu spät kommen.

Auf dem Rückweg kamen sie wieder an der Jesuitenkirche vorbei.

»Schau ...«, begann sie und verstummte wieder.

Weiße Lilien und fleischfressende Pflanzen.

Karsch blickte in eine andere Richtung. Jene Sätze gingen

ihm durch den Kopf, die Moser in Lissabon von einem Zettel abgelesen hatte, den er in einem Aschenbecher gefunden hatte. *Ich bin nichts. Nie werde ich etwas sein. Ich kann nichts sein wollen. Abgesehen davon trage ich alle Träume der Welt in mir.*

Das Letzte traf nicht auf ihn zu.

13

Auf dem Kai verfolgte ein kleiner Mann ihre Bewegungen. Als sie an Bord gehen wollten, hielt er Karsch zurück. Asta Maris war schon weitergelaufen.

Fragend blickte Karsch in sein dunkles Gesicht, das verlegen lachte und etwas sagte, das er nicht verstand. Der Zweite Offizier der *Posen*, der unten am Fallreep das Be- und Entladen überwachte, hatte die Worte mitbekommen.

»Er fragte, ob Sie mit dem Schiff mitfahren«, erklärte er und fügte hinzu: »Der Kerl lungert hier schon den ganzen Tag herum, er durfte kurz an Bord gehen und sich umsehen, und nun steht er hier die ganze Zeit neben dem Fallreep und hält Maulaffen feil. Er hätte noch nie das Meer gesehen, meint er, geschweige denn so ein Schiff mit vier Bäumen.«

Der Mann ergriff Karsch am Ärmel und stellte ihm eine drängende Frage.

»Er möchte wissen, wohin Sie fahren«, übersetzte der Zweite Offizier.

Karsch zuckte die Achseln. »Nirgendwohin. Irgendwo dorthin«, sagte er und deutete auf das Meer. »Ich weiß es nicht.«

Der Mann begann über das ganze Gesicht zu strahlen.

»Er versteht, dass Sie es nicht wissen«, sagte der Zweite Offizier. »Er möchte wissen, ob Sie einen Traum gehabt haben.«

»Nein, ich bin Wissenschaftler«, antwortete Karsch, den das Ganze zu langweilen begann, und machte Anstalten, das Fallreep zu besteigen.

Der Offizier zögerte, vielleicht konnte er keine Übersetzung für das Wort »Wissenschaftler« finden. Inzwischen durchsuchte der Mann einen Beutel, den er mit sich trug. Er brachte ein kleines Bündel daraus zum Vorschein, in dem ein Stückchen Leder, eine Feder und noch etwas anderes zusammengeschnürt waren, und überreichte es Karsch. Mit fragendem Blick sah dieser den Zweiten Offizier an, der lachend antwortete, den Worten des Übergebers nach sei dies ein Amulett, das er benötigen könne. Er, der sucht, was die Götter verborgen haben, weiß nie, wohin er geht, scheine der Mann gesagt zu haben – oder etwas in dieser Art.

»Was soll ich mit diesem Ding?« Unwillig betrachtete Karsch das Amulett, das nicht sonderlich appetitlich roch. Ein letzter Rest schalen Rumpunschs schwappte durch seinen Kopf. Karsch drückte dem Mann das Bündel zurück in die Hände, doch der weigerte sich – »No! No! No!« –, es zurückzunehmen. Er trat einen Schritt zurück und begann, dem Schiffsoffizier, der dem Bericht nur mit Mühe folgen zu können schien, eine lange Geschichte zu erzählen.

»Er sagt, er habe vor einem Monat sein Haus und sein Land verkauft, weil er einen Traum gehabt habe, in dem ihm aufgetragen wurde, auf Reisen zu gehen. Zuerst habe er gedacht, so ein Traum wird ihm gesandt, weil er bald sterben müsse, so denke sein Volk darüber – der Herr ist eine Art Indianer ... Aber nun lebe er noch immer. Jetzt, wo er das Schiff gesehen habe und jemandem begegnet sei, der auch auf Reisen ist, ohne ein Ziel zu haben, glaube er, dass er von seiner Pflicht zu reisen entbunden sei und dass Sie diese ab jetzt erfüllen müssen, bis Sie wiederum jemandem begegnen, der ohne Ziel unterwegs ist. Er behauptet, dank Ihnen sei er nun wieder ein freier Mann.« Der Zweite Offizier zögerte. »Zumindest, wenn ich alles richtig verstanden habe.«

Der Reisende ohne Ziel sah Karsch voller Erwartung an und begann wieder zu reden, auf ihn zu zeigen und danach aufs Meer.

»Er will natürlich Geld sehen«, bemerkte Karsch unmutig.

Der Zweite Offizier übersetzte die Bemerkung in eine Frage. Der Indianer lachte verlegen, blickte auf seine Füße, sagte etwas in einer Sprache, die der Offizier sichtlich auch nicht verstand, und lachte zum Abschluss noch einmal.

»Hab ich's mir doch gedacht.« Befriedigt, dass die menschliche Natur sich auch hier nicht verleugnen ließ, gab Karsch dem Mann seine letzten brasilianischen Münzen.

Oben an Deck war Asta Maris nirgends zu sehen, unten auf dem Kai zählte der Mann angestrengt seine Einkünfte. Karsch betrachtete das Amulett. Viele hätten es abergläubisch eingesteckt und bei sich getragen, nicht wissend, dass in allen exotischen Häfen der Welt Leute herumhingen, die mit ihrem Hokuspokus Reisende belästigten. Früher hätte er das Ding aufgehoben, um es in Deutschland herumzeigen zu können, doch für den heutigen Tag war seine Geduld restlos aufgebraucht.

Er warf das Amulett über die Reling und stieg hinunter in seine Kabine.

14

Am späten Nachmittag kam die Polizei, um Todtlebens Sachen abzuholen, offenbar stand seine Schuld fest.

III

1

Südwärts.

Steife Brise. Mittelhohe Wellen. Seegang fünf.

Seit die *Posen* aus Rio de Janeiro ausgelaufen war, hatte Karsch keine einzige Beobachtung gemacht und keine Fotografie aufgenommen, er hatte jegliches wissenschaftliche Interesse am Meer verloren. Moser, der sich mit Entschuldigungen und korrektem Benehmen wieder in Karschs Nähe manövriert hatte, war es aufgefallen, doch er hatte sich höflich jeden Kommentars enthalten.

Nach alter Gewohnheit sprach der Salpeterhändler während des Spaziergangs über die Weltpolitik und stellte dabei Betrachtungen über das Kräftemessen der Großmächte an, wenn auch stets aus dem Blickwinkel des einfachen Mannes, also eines Menschen wie er selbst, der im Augenblick noch mit dem Hut in der Hand am Wegesrand stand, wenn die hohen Herren mit ihren federbesetzten Zweispitzen vorbeifuhren. Er sei kein Sozialist, falls Karsch das vielleicht denke, im Gegenteil, er sei eine geschätzte Kraft bei einem renommierten Handelshaus, der einmal in der Woche ein Bad nehme, aber gewiss, als Mensch sei er ein Verfechter einer Zukunft ohne federbesetzte Zweispitze, einer Zukunft, in der die *Tatsachen* und die *Realität* in einer Kutsche herumgefahren würden. Alles gehe einmal zu Ende, auch die alte Ordnung. Wenn der Krieg, dem alle voller Sehnsucht entgegensähen, endlich einmal da sein sollte, würde alles anders werden. Sein Blick glitt ins Träumerische ab, vermutlich die Vision einer künftigen Gesellschaft, in der die Mosers das Sagen hatten. Karsch versuchte, es sich vorzustellen, kam aber nicht weiter als bis zu einer langen Straße, an beiden Seiten von endlosen Reihen gleichförmiger Häuser gesäumt, dazwischen hing als graugelber Dunst der Geruch von Sauerkohl nach Anstaltsrezept.

Moser riss sich von seiner Träumerei los, räusperte sich und murmelte, was im Krieg zähle, sei der Stahl und nicht die Federn am Hut.

Nach der Politik war Todtleben an der Reihe. Ein ums andere Mal tischte Moser neue Ursachen auf, die zu Todtlebens Verletzungen geführt haben könnten. Nichts schien er dabei auszuschließen. Das eine Mal witterte er politische Motive. Ein Intellektueller wie Todtleben, jemand ohne klare Interessen oder Vaterland, könne leicht ein Anarchist sein, ein Bombenleger wie einst Ravachol. Wer weiß, vielleicht habe er sich in Rio de Janeiro mit Gleichgesinnten verschworen, um einen Umsturz in der ganzen Welt herbeizuführen. Ein anderes Mal glaubte Moser zu wissen, Todtleben sei blutend auf den Stufen einer Kirche aufgefunden worden, weil er primitive Gläubige in den Armenvierteln mit seinen gottlosen Reden zu rasender Wut getrieben habe.

All dieser aufgeregten Spekulationen überdrüssig, ließ Karsch die Bemerkung fallen, Asta Maris müsse Todtlebens Geheimnis kennen.

»Fragen Sie sie doch danach«, sagte er.

Der Salpeterhändler nickte. Ja, sie müsse es wissen, aber sie habe sich seit Rio de Janeiro weder an Deck noch im Speisesaal blicken lassen. Im Übrigen sei er sich nicht sicher, ob sie ihm eine Antwort geben würde. Sie sei auf Distanz zu ihm gegangen, und obendrein könnte sehr wohl etwas zwischen den beiden gewesen sein, zwischen der Maris und Todtleben. Was genau, wisse er nicht. Habe Karsch vielleicht etwas bemerkt?

Der Salpeterhändler musterte ihn verstohlen, suchte in seinem Gesicht nach Hinweisen darauf, was in dem Hydrografen vor sich ging und wie er die Geschichte mit Todtleben und Asta Maris aufgenommen hatte. Doch es war vergebens, Karsch tat, als habe er nichts gehört. So blieb ihm nichts anderes übrig, als sich zum wiederholten Male an eine neue Analyse von Todtlebens Unfall zu wagen, indem er versuchte, sich an den Wortlaut ihrer Gespräche zu erinnern, um noch das winzigste Körnchen belastenden Materials herauszufiltern.

So segelte Todtleben in den Süden mit.

2

Karsch lag gelangweilt auf seinem Bett und lauschte, ob er Geräusche aus der Kabine von Asta Maris vernehmen konnte. Ab und zu meinte er, Gemurmel zu hören, das mit dem Glucksen der Wellen gegen die Bordwand verschmolz, ohne dass er etwas davon verstanden hätte. Auch als er sein Ohr gegen die hölzerne Trennwand drückte, konnte er die Geräusche nicht unterscheiden. Es war, als würden überall um ihn herum Gespräche geführt, die er wohl hören, aber nicht verstehen konnte. Er war zu einem Ausgeschlossenen geworden, taub für das Meer – es konnte aber auch sein, dass er jetzt erst hörte, wie unergründlich es war.

Und wennschon. Es interessierte ihn nicht mehr. Es würde ihm gelingen, noch einige Zeit, vielleicht noch Jahre den Schein aufrechtzuerhalten, ein mit Hingabe seiner Forschung nachgehender Hydrograf zu sein, der eifrig seine Artikel schrieb, doch er glaubte nicht länger, dass er noch etwas erreichen wollte, dass er die gelehrte Welt mit seinen Erkenntnissen verblüffen wollte, um am Ende als Krönung seiner Laufbahn in der Aula mit einem Ölporträt im Goldrahmen geehrt zu werden. Das alles war vorbei. Auch diese Reise hatte seinen bereits verkümmernden Ehrgeiz nicht wiederbeleben können.

Aber was dann? Er wälzte sich ein paarmal unruhig hin und her und versuchte vergeblich, sich eine neue Zukunft auszumalen, in der er ein bewunderter Mann sein würde. Doch bewundert wofür? Die dreißig hatte er überschritten, doch keines seiner Lebensjahre hatte bisher unter dem Zeichen eines glänzenden, eines sprühenden Geistes gestanden. Keines hatte ihm, und sei es nur vorübergehend, ein Gefühl der eigenen Herrlichkeit beschert. Nachdem nun plötzlich alles Erdenkliche von ihm abfiel und er immer nackter und freier auf dem Schiffsdeck umherging, rückte auch der Augenblick, in dem er die Karten neu mischen konnte, in greifbare Nähe. Das würde der Reise einen neuen Sinn geben: Er würde auf dem Weg nach Valparaíso seine alte Haut abstreifen und – wer weiß – gemeinsam mit Asta Maris … Er spürte eine gewisse Leichtigkeit in seinem Innern aufkommen, die er so noch nie wahrgenommen hatte. Es war, als habe er keinen festen Boden mehr unter den Füßen, die Schwerkraft zog nicht mehr an ihm, die Erde ließ ihn für einen kurzen Moment los. Dann schwebte er wieder zurück, hin und her segelnd wie eine Feder, mit dem Vorsatz, bei Asta Maris anzuklopfen und ihr zuzurufen, dass Rio de Janeiro hinter dem Horizont verschwunden sei, dass er den missglückten Spaziergang im Park schon lange vergessen habe. Was auch immer zwischen ihr und Todtleben gewesen sei, er wolle es nicht wissen. Wer etwas Neues anfing, sollte die Vergangenheit ruhen lassen, nicht wahr?

Er ermannte sich, strich seine Haare glatt, zupfte seine Kleider zurecht und klopfte an die Tür von Asta Maris. Als keine Reaktion erfolgte, atmete er auf und getraute sich, etwas lauter zu klopfen.

Wieder nichts.

Er legte sein Ohr an die Tür.

Stille. Vielleicht schlief sie.

An Deck war sie auch nicht. Immer noch glühte die neue Zielstrebigkeit in ihm nach, als Karsch ein paarmal auf und ab schlenderte. Zerstreut schaute er den Matrosen zu, die sich an einem Segel zu schaffen machten, stolperte über ein Tau und ließ sich schließlich verdrossen in den Deckstuhl fallen, in dem Todtleben immer sein Buch zu lesen pflegte. Er schloss die Augen und tauchte ein in den vertrauten Tagtraum, der ihm die unerreichbare Paradiesinsel mit den blauen Hügeln zeigte, die sich stets in dunstiger Entfernung von jeder bekannten Gegenwart befand und sich ihm früher, als er jung war und noch nicht wusste, dass er Hydrograf werden sollte, immer nur gezeigt hatte, ohne ihm zu gestatten, an Land zu gehen. Immer wenn Karsch dies versuchte, änderte sie, wie ein Proteus, augenblicklich ihre Gestalt. Er hatte bisweilen kleine weiße Häuser auf den Abhängen der Hügel gesehen, einen Kirchturm und einen Strand mit Booten, doch genauso häufig war alles kahl gewesen oder von tropischem Urwald überwuchert. Einmal, als er mit heftigem Fieber daniederlag, hatte Karsch sie als Schokoladeninsel geträumt, umspült von einem Meer aus Kirschwasser, in dem Schattenmorellen trieben. Warum er immer nur Visionen von jener Insel hatte und nicht von einer nackten Frau mit rot gesaugten Brustwarzen oder von der mit Gold tapezierten Grotte Ali Babas oder zur Not von einer Villa mit Zypressen an einem italienischen See, er wusste es nicht. Vielleicht hatte er auch kein Talent für das Unbewusste.

Die soeben noch verspürte Leichtigkeit hatte er schon wieder verloren. Vielleicht sollte er sich bei seiner Rückkehr doch noch zum Heer melden und dort auf den Krieg warten. Vielleicht hatte Moser recht, und er würde einen frischen Wind in die Welt bringen. Den Unterschied zwischen dafür und dagegen, ja und nein konnte man dann einfach an Schnitt und Farbe der Uniform erkennen, danach musste man nur noch darauf achten, nicht danebenzuschießen. Doch für das Heer existierte er nicht, dafür hatte sein Vater bereits gesorgt, vor siebzehn Jahren – oder waren es achtzehn?

Er war damals nicht älter als sechzehn. Es war zu Ostern, mit seiner Cousine Bettine war er dem Haus entflohen. Gelangweilt schlenderten sie den Fluss entlang, ein anderer Zeitvertreib fiel ihnen nicht ein. Bettine war ein hoch aufgeschossenes, nervöses Mädchen mit einem breiten, beweglichen Mund und viel zu großen braunen Augen. Stets hatte sie auf ihn herabgeschaut, weil sie die etwas Ältere war. Unterwegs hielt sie sich mit beiden Händen an ihrem Sonnenschirm fest. Ihre Fingerknöchel waren weiß. Im Laufe des Gesprächs stellte sie fest, ohne dass es dafür einen Anlass gegeben hätte, dass sie im Gegensatz zu ihrem jüngeren Cousin Franz jetzt als Erwachsene ihr Leben selbst in die Hand nehmen werde. Fast mit jedem Tag habe sie gespürt, wie sie zunehmend stärker und selbstsicherer werde und dass sie als Frau den Männern in nichts nachstehe und dass sie ihre Eltern verachte, weil die nur wollten, dass sie sticken lerne … Sticken! Sie und sticken? Herausfordernd ballte sie die Faust gegen die Welt. Als sie geendet hatte, blickten ihn ihre großen Augen prüfend an, als erwarte sie, dass auch ihr kleiner Cousin sie auslachen werde. Er schaute auf das Gras. Das Verhalten der Cousine Bettine brachte ihn immer etwas durcheinander, er konnte sich einfach nicht an ihre heftigen Gesten gewöhnen, ihre großen Schritte, ihr bewegliches Gesicht, dem sie keine Sekunde der Ruhe gönnte. Und vor allem nicht an ihre Lippen, die sich nervös um die Wörter stülpten, bevor sie sie aussprach. Zu Beginn ihres Spaziergangs hatte er die Uferseite gewählt, weil er befürchtete, sie könnte bei einer ihrer unbeherrschten, ausholenden Bewegungen das Gleichgewicht verlieren und ins Wasser fallen. Wenn er nur daran dachte, dass er sie triefend nass herausziehen und ihre Erniedrigung mit ansehen müsste, brach ihm schon der Schweiß aus.

Zu ihrem Missfallen hatte Bettine gemerkt, dass er sie vor dem einen oder anderen Unheil bewahren wollte. In Zukunft werde niemand mehr sie verletzen können, sagte sie böse, worauf er fragte, warum das jemand tun sollte.

Sie biss sich aufgebracht auf die Lippe, vermied es aber, ihn anzusehen.

Die Menschen ließen sie kalt, erklärte sie hochmütig. Mitleid bedeute Schwäche. Wenn sie jetzt jemanden leiden sehe, verspüre sie nichts mehr. Das sei vorbei. Sie blieb stehen und sah ihm unerwartet ruhig und beherrscht in die Augen, als wolle sie ihm ihre neue Lebenshaltung in der Praxis vorführen. Je mehr Demut um sie herum herrsche, desto härter werde sie. Sie stelle sich nicht auf eine Stufe mit Hungerleidern und Bettlern. Es klang auftrumpfend, doch gleichzeitig zog sie ihre Schultern hoch, als suche sie Schutz.

Sie würde fortan niemanden mehr lieben, wie es die Romane und die Glaubenssätze einem vorschrieben, sie wisse nun, dass sie, im Gegensatz zu ihm, jeden Liebesschmerz werde ertragen können.

Später hatte er darüber nachgedacht. Nur ein Mal, als ihm klar geworden war, dass er Augusta, die Schwester seines Ferienfreundes Sigi, nicht mehr sehen würde, hatte er sich leer gefühlt, weil er gemeint hatte, noch alle Zeit der Welt mit ihr zu haben, und sich nie gefragt hatte, ob er sie wirklich liebte oder nur nett fand. Jetzt wusste er, dass es Liebe gewesen war.

Achtzehn Jahre alt war Cousine Bettine erst gewesen, als sie ihn, aus dunklen Augen auf ihn herabschauend, ins Vertrauen zog. Sie hatte einen ältlichen Sommerhut mit künstlichen Blumen getragen, den sie die ganze Zeit auf ihren Kopf drücken musste, weil am Fluss ein frischer Wind ging.

Er hatte gewusst, dass sie kurz zuvor wegen einer Affäre mit einem Immobilienmakler von zu Hause ausgerissen war. Genaueres war ihm nicht bekannt, doch ihre Eltern hatten eingegriffen und sie für einige Zeit nach Pommern geschickt. Franz, der das Gymnasium in Stettin besuchte, hatte erst davon gehört, als er in den Sommerferien nach Hause gekommen war. Fragen hatte er ihr nicht gestellt, er redete sich ein, dass er sie damit nicht in Verlegenheit bringen wollte. Er war ihr so gut wie möglich aus dem Weg gegangen, weil sie ein geheimes Mal trug, einen Makel, von dem es hieß, sie würde ihn ihr ganzes Leben nicht mehr loswerden, den er jedoch – und das war das Unangenehme – nirgends an ihr entdecken konnte.

Während ihres Spaziergangs hatte er sie schließlich verschämt gefragt, was sie denn mit ihrem neuen, gefühllosen Leben anstellen wolle. Sie tat kurz, als habe sie ihn nicht gehört. Dann faltete sie ihren Sonnenschirm zusammen und streckte ihr Gesicht der Sonne entgegen – sie hatte eine witzige kleine

Nase, die so gar nicht zu ihren hartherzigen Worten passte – und sagte mit einem entspannten Lächeln, dass sie das noch nicht genau wisse. Sie sei aber zuversichtlich.

Ob er nicht neidisch sei. Er wisse natürlich schon lange, was er später einmal tun werde, wenn er erwachsen sei, er habe darüber sicherlich schon bis zum Überdruss nachgedacht und sei dabei auf irgendetwas Ödes gestoßen, aber für sie sei die Zukunft ein unbeschriebenes Blatt. Alles könne sie tun, oder auch nichts. Leben oder sterben, es sei ihr einerlei.

»Pah, du bist eine Frau«, merkte er an, froh, sie endlich einmal zurechtweisen zu können. »Wie willst du denn sterben, du darfst ja nicht einmal zum Heer.«

Sie richtete sich auf. »Wenn ich sterben will, brauche ich dafür kein Heer.«

»Wer sagt denn, dass du sterben musst?«, rief er aus.

»Und warum sollte ich nicht?«

Er erschrak. »Ich meinte eigentlich: Man meldet sich ja nur zum Wehrdienst, um Offizier zu werden oder so …«

»Nein, man meldet sich, um nicht zurückzukehren«, sagte sie bestimmt. »Um ruhmreich zu sterben.«

»Red keinen Unsinn. Niemand aus unserer Familie ist auf dem Feld umgekommen, und bis auf Papa waren sie alle beim Heer.«

»Ich würde nur für Ruhm und Ehre und ein kurzes Leben zum Militär gehen, wenn das nicht möglich ist, würde ich mich nicht melden, wenn ich an deiner Stelle wäre.«

»Ich gehe doch überhaupt nicht zum Heer«, rief er abwehrend. »Papa hat einen Einsteher für mich gefunden. Jemanden aus dem Dorf.«

»Der wird also an deiner Stelle im Krieg fallen«, stellte sie ungerührt fest.

»Ich weiß nicht, was er vorhat«, antwortete er unsicher. Er hatte noch nie einen Gedanken daran verschwendet, dass seinetwegen ein Junge aus dem Dorf im Krieg fallen könnte.

Trockener Mund. Es war, als spiele er mit gezinkten Karten. Seinem Vater hatte er es zu verdanken, dass er das Pikass nie werde aufnehmen müssen.

Der Einsteher war sein Alias, eine Fälschung von ihm, der irgendwann irgendwo auf einem Schlachtfeld herumlaufen würde, auf dem eigentlich Franz von Karsch hätte herumlaufen sollen. Alles, was ihm zustoßen würde, hätte eigentlich Franz von Karsch zustoßen müssen, wenn er nicht davor weggelaufen wäre. Vielleicht goss man in diesem Augenblick irgendwo in Europa die Kugel, die demnächst auf dem Schlachtfeld abgeschossen würde, im Morgendunst, vermutlich ohne dass der feindliche Schütze irgendeine Ahnung hätte, auf wen er da schoss, denn mehr als die schattenhaften Umrisse einer Gestalt dort hinten im Nebel würde er nicht erkennen, doch er würde Angst haben, dass der andere ihm mit seinem Schuss zuvorkommen könnte. Deshalb würde er schießen. Er würde seinen Feind mitten ins Herz treffen, nicht wissend, dass er eigentlich den Falschen getroffen hatte, jemanden, der überhaupt nicht an diesem Ort sein sollte, sondern anstelle eines anderen dort stand.

Es hatte Franz nicht mehr losgelassen. Nachts lag er wach und sah eine Gestalt aus einem Schützengraben auftauchen, das Gewehr im Anschlag. Das Echo des Schusses eilte der Bleikugel hinterher, die den Lauf jetzt verlassen hatte und über die sumpfig nasse Fläche flog, die hier und da noch mit schmutzigem Schnee bedeckt war. Franz sah sie vorüberschwirren, sich um ihre Achse drehend. Kurz darauf sackte die andere Gestalt in die Knie, der Nebel und das Gras dämpften seinen Sturz.

Der Einsteher musste gewarnt werden, er durfte auf keinen Fall seinen Dienst antreten.

Nachdem Franz herausgefunden hatte, wen sein Vater ausgesucht hatte, machte er sich auf die Suche nach ihm. Er fand ihn draußen auf den Feldern. In der Ferne sah er ihn auf dem Acker arbeiten. Franz ging nicht sofort auf ihn zu, sondern beobachtete ihn aus gewissem Abstand. Ihm war seltsam zumute, es war, als betrachte er sich selbst.

Dort stehe ich, schoss es ihm durch den Kopf. *Ich bin groß und stark und mähe das Korn und binde es zu Garben. Mein Rücken schmerzt, und meine Hände bluten.* Kurz spielte er mit dem Gedanken, sich hier auf dem Lande Arbeit zu suchen, als Vertreter des Vertreters, doch er verwarf die Idee sogleich wieder, weil seine Eltern es niemals erlauben würden, es gefiel ihnen schon nicht, dass er Physik studieren wollte.

Als er vom Acker zurückkam, sprach Franz ihn an. Ehrfürchtig zog sich der junge Mann die Mütze vom Kopf. Er hieß Jochen Boldt und hatte ein großes weißes Gesicht.

Um ihm die Befangenheit zu nehmen, fragte Franz, ob ihm der Rücken von der Arbeit schmerze und ob seine Hände bluteten.

Jochen schüttelte den Kopf.

Mit einem entschuldigenden Lächeln legte Franz dar, weshalb er gekommen war. Ohne sichtbare Regung hörte der Einsteher zu, doch als ihm aufging, worum es dem andern zu tun war, wurden seine Augen hart und abweisend. Franz bemerkte es, errötete und verlor zunehmend den Faden seiner Rede. Mit einem Mal kamen ihm seine Ausführungen nicht mehr so zwingend und vernünftig vor, auch wenn er nicht wusste, wo der Fehler lag, bis ihm die Vision eines Postboten vor Augen stand, der mit einem Brief für die Eltern des Jungen in das

Dorf kam ... Er flehte den Einsteher an, zu Hause zu bleiben, dann würde ihm nichts geschehen.

Jochen schüttelte den Kopf und antwortete mit starrer Miene, dass er diese Gelegenheit, in der Welt herumzukommen, nicht verstreichen lassen werde. Indem er für Hochgeboren den Dienst antrete, habe er von dessen Vater die Erlaubnis erhalten, das Dorf zu verlassen. Davon habe er schon immer geträumt, frei zu sein, etwas von der Welt zu sehen. Niemals habe er Pächter eines Herrn sein wollen. Er klang stolz. Das Heer sei für ihn eine Gunst des Schicksals. Im Krieg fallen? Bliebe er hier, sei ihm der Tod ebenso nah wie im Krieg. Die Luft sei hier ungesund, man sehe doch überall, dass jeder hier von der Gicht krumm werde. Niemand werde hier alt. Von seinen sieben Brüdern und Schwestern seien gerade zwei am Leben geblieben, er sei dem Tod bereits entkommen, sein Glück habe er schon aufgebraucht, was habe er denn beim Heer noch zu verlieren? Wenn seine Zeit gekommen sei, werde er gehen.

Franz war nicht weiter in ihn gedrungen.

Zwei Jahre später hatte er Jochen in Uniform durch das Dorf marschieren sehen, kurz darauf war der junge Mann mit seiner Abteilung in die Kolonien aufgebrochen.

Was Cousine Bettine betraf: Zu seiner Verwunderung hatte sie weiterhin die Unantastbare gemimt. Jahre später hatte er sie auf einer Fotografie wiedergesehen. Zuerst hatte er sie nicht erkannt, weil sie wie ein Beduine aus der arabischen Wüste gekleidet war, doch ihre Nase und ihr Mund hatten sie verraten. Auf die Frage, was sie da mache, hatte er keine Antwort erhalten. Vielleicht gab es darauf auch keine Antwort.

Karsch ließ sich missmutig in den Deckstuhl sinken. Der Einsteher hatte ihn seltsamerweise an Todtleben erinnert: großer Kopf, bleiches Gesicht, geheimnisvolles Vermisstsein. Wie kam er eigentlich darauf, dass Todtleben vermisst wurde? Er lag doch einfach nur im Krankenhaus und wartete auf seine Genesung? Erst danach würde er der Justiz übergeben werden. Durch seinen gefälschten Pass hatte er sich zu seinem eigenen Einsteher gemacht; als jemand, dem er wahrscheinlich nie begegnet war, hatte er sich nach Valparaíso eingeschifft.

Wenn er es recht bedachte, war es eigentlich gar nicht so schwierig, ein anderer zu werden. Eine andere Identität brachte Vorteile mit sich, als ein anderer würde er vielleicht nicht mehr dieser immerzu gehemmte Franz von Karsch sein.

Ein schöner Traum.

Das Schiff neigte sich unter dem auffrischenden Wind. Etwas, was unter dem Stuhl gelegen hatte, rutschte zwischen Karschs Füßen hindurch über das Deck und landete an der Reling. Verwundert blickte er ihm nach. Es war das gelbe Buch, in dem Todtleben immerzu gelesen hatte. Als Karsch es aufhob, fiel ein zusammengefaltetes Blatt Papier heraus, das über Bord geweht worden wäre, wenn nicht zufällig ein Matrose vorbeigekommen wäre, der seinen Fuß daraufgesetzt und es Karsch überreicht hätte.

Das Buch enthielt einen Text in griechischer Schrift, was angesichts von Todtlebens Beruf nicht weiter verwunderlich war. Lustlos blätterte Karsch darin. *Η ΜΟΥΣΑ ΠΑΙΔΙΚΗ* stand über einer Anzahl von Seiten, an denen das Buch immer wieder aufklappte. Er wusste nicht recht, was es bedeutete – Sprachen waren nie seine Stärke gewesen –, und entfaltete das lose Blatt Papier. Es war ein Brief, den ein Mensch mit einer chaotischen Handschrift – es hatte den Anschein, als habe er seine Hand zu den Worten zwingen müssen – vor einigen Monaten an Todtleben geschickt hatte.

3

Der Verfasser des Briefes fiel mit der Tür ins Haus.

Weißt Du noch, vor ein paar Wochen hast Du mir von einem immer wiederkehrenden Traum erzählt, in dem Du Dich in einem Wald befindest. Es gibt dort keine angelegten Wege, alles ist wild und von Menschenhand unberührt, und doch wieder nicht, denn die Pflanzen, die dort blühen, sind nicht wild, sie wachsen auch bei uns in den Vorstädten. In diesem Wald, der zugleich auch ein Garten ist, stehst Du vor einem steilen, kahlen Felsen. Über Dir, auf der Höhe des Felsens, steht ein nackter Knabe. Du kannst ihn gut sehen – es ist schließlich ein Traum –, und Du siehst auch, dass seine Miene ernst ist. Du bist Dir auch sicher, dass der Knabe fest entschlossen ist, sich von dem Felsen zu stürzen. Nun siehst Du auch, dass dort oben noch mehr Knaben sind, und alle sind sie ebenso ernst und schön und fest entschlossen. Ernst werden sie irgendwo am Fuße des Felsens den Tod finden, der in Deinem Traum offenbar nicht mehr vorkam, denn Du hast nicht davon gesprochen. Als Du mir davon erzähltest, hast Du gezittert, Ernst, Deine Augen waren groß vor Aufregung. Schon damals wusste ich nicht recht, ob ich glauben sollte, dass es wirklich nur ein Traum war. Es schien mir etwas anderes zu sein, etwas Größeres, was nicht bedeutet, dass es auch etwas Besseres ist. Ich erinnere mich, dass ich es mit Dir teilte: Ein Knabe, der einfach so dasteht, wie Du es beschrieben hast, so erfüllt vom Tode, ist ein atemberaubendes Schauspiel. Ich habe tagelang darüber nachdenken müssen. Wie er dort allein vor der Schöpfung steht und Nein sagt. Nicht, weil das Leben zu klein ist und ihm wehtut, sondern weil er seine Seele versilbern will, wie Du es ausgedrückt hast. Bis hierher konnte ich Dir wohl noch folgen, aber als ich krank wurde, bin ich sozusagen unfreiwillig auf dem Felsen aus Deinem Traum gelandet. Nur bin ich nicht gesprungen, ich war willenlos, ich habe eigentlich darauf gewartet, dass mich jemand hinunterstößt. Du hast damals an meinem Bett gesessen und auf meinen Tod gewartet. Ich schreibe Dir das, weil es mir den Grund liefert zu denken, dass Du schuldig bist am Tode von Du-weißt-schon. Wir wissen beide, dass er sich selbst nicht länger ertragen konnte, doch das erst, nachdem Du ihn eingeweiht hattest. Ich weiß sehr gut, wie Du es angestellt hast, ich kenne Dich, bei mir war es ja genauso. Ich weiß also, warum er an jenem Abend vollkommen aufgelöst zu mir kam. Nachdem Du ihn Dir unterworfen hast, hast Du ihm, durchtrieben, wie Du sein kannst, erläutert, dass er sich keine Hoffnungen machen sollte, schon gar nicht auf Liebe, weil der wahre Eros nur im Tode zu finden sei. Im Opfertod für einen anderen, wohlgemerkt. (Der Heuchler spricht erhaben!) Der Körper (sein Körper!) sei lediglich das Mittel, um ihn wiederzuerwecken (in Dir!). Überdies brenne der Lebensfaden bei dem einen schneller ab als bei dem anderen. Doch der Schwache, der dabei zugrunde gehe (er!), fließe über in den Geliebten (in wen wohl!), das sei die Unsterblichkeit, die ihm beschieden sei. (Er glaubte das!) Der eine Mensch sei dem anderen ein Gott, und Götter und Menschen stünden nicht auf gleicher Stufe. Usw., usw. Genug, um dem Jungen den Verstand zu rauben. Du weißt, dass ich weiß, dass Du an jenem Tag, an dem er gesprungen ist, bei ihm gewesen bist. Und ich habe die Gewissheit, dass Du keinen Finger gerührt hast, um ihn zurückzuhalten, sondern fasziniert zugesehen hast. Ich weiß nicht, was Du jetzt zu tun gedenkst. Der Anzeiger hat gestern über seinen Tod berichtet, und dabei wird es wohl nicht bleiben. B. S. hat seinem Vater alles gebeichtet, und Du weißt, wie der über das ›päderastische Komplott‹ denkt. Ich werde aufrichtig sein, falls die Polizei etwas von mir wissen will, ich werde nichts verschweigen. Ich werde Dich nicht schwärzer machen, als Du bist, denn auch wenn Du ein Schwein bist, habe ich immer noch etwas für Dich übrig, doch eine Lüge bist Du mir nicht mehr wert.

Der Brief war nur mit Initialen unterzeichnet: HHJ. Am Rand waren mit Bleistift in kleiner, preziöser Handschrift Kommentare gekritzelt. Einige ironisch: Sterben müssen wir alle. Und: Siehe da, der Herr ist eifersüchtig! Oder: Bei dir hat es mich keine Mühe gekostet. Oder: Einweihen? Er kannte doch schon sämtliche Handgriffe. Einige wütend: Du weißt nichts! Andere verteidigend: Kann ich etwas dafür, dass das Luder neurasthenisch war?

4

Ein Schatten fiel auf das Papier. Ertappt schaute Karsch auf. Asta Maris stand vor ihm. Mit einem puterroten Kopf steckte er rasch das Blatt zwischen die Seiten des Buches.

»Von Ernst?«, fragte sie.

Hastig sprang er auf.

»Ja. Es lag hier ...« Er beendete den Satz nicht.

»Dann weißt du es jetzt auch«, sagte sie.

»Was? Ach so, das.«

»Ja, das.« Sie schaute ihn erstaunt an. »Hast du denn etwas anderes gemeint?«

»Nein, ich meinte den Brief. Weißt du denn, was darin steht?«

Sie zögerte. »Nicht genau, aber ich kann es mir vorstellen.«

Moser, unruhig hin und her schlendernd, beobachtete sie aus einem gewissen Abstand. Er konnte kaum an sich halten. Nur zu gern hätte er sich zu ihnen gesellt, um zu hören, worüber gesprochen wurde, doch er sah ein, dass kein Wert auf seine Gesellschaft gelegt wurde.

Karsch schwieg verlegen, und Asta Maris ermutigte ihn auch nicht, etwas zu sagen.

Sie waren nicht allein. Er spürte Todtlebens Anwesenheit. Er war zurückgekommen, um sein Buch und seinen Brief zu holen. Wenn er seine Augen schloss, hörte Karsch ihn atmen, sah er seine träumerischen Augen im fahlen Sonnenlicht aufleuchten und seine Löwenmähne sich heroisch um sein Gesicht kringeln. Da, jetzt näherte er sich über das Meer, gefolgt von einer langen Reihe toter Knaben ...

Der Wind seufzte leise in den Tauen.

Schaudernd zog Asta Maris den Pelzkragen ihres Mantels unter dem Kinn zusammen. Karsch blickte auf das gelbe Buch. Kurz entstand eine Pattsituation, bis ihre Blicke wieder aufeinander zukrochen und ihr Lächeln die Scheu verlor und sie mit einem leichten Schulterzucken versuchten, ihr Verhalten zu entschuldigen. Wie automatisch legte er seine Hand an ihren Ellbogen, als wolle er sie auf einem pommerschen Ball zum Tanz auffordern. Bereitwillig ließ sie sich führen. Auf der Treppe zum Achterdeck ließ er ihr den Vortritt, doch sobald sie oben waren, legte er seine Hand wieder zurück. Sie wandte ihm das Gesicht zu, die Situation gefiel ihr.

Erst als sie am Achtersteven angelangt waren, ließ er ihren Arm los. Sie lächelten einander zu, er blickte auf seine Schuhspitzen und von dort auf die See, kniff seine Augen zusammen, als suche er den Horizont nach einer Gefahr ab.

Am nächsten Tag herrschte raues und regnerisches Wetter, doch später klarte es auf, und sie nahmen ihre Spaziergänge über das Deck wieder auf. Die Blicke, die sie wechselten, waren kurze Briefe, immer mit derselben einfachen Botschaft: *Geht es dir auch so? – Ja, mir geht es genauso!* Nur schien die Zeit noch nicht reif, um sie auch laut vorzulesen. Von Zeit zu Zeit berührten sie sich kurz, als wollten sie sich vergewissern, dass die Fortschritte, die sie gemacht hatten, noch Bestand hatten.

Karsch summte jetzt vor sich hin, wenn er sich morgens rasierte.

Die Tage des vorsichtigen Abtastens gingen vorüber, die Tage einer wunderbaren Sicherheit, dass sie sich nicht ineinander täuschten, sollten alsbald anbrechen, als sich Asta Maris eines Tages abrupt zu ihm umwandte und wissen wollte, warum er sie noch immer nichts gefragt habe.

Noch vor nicht allzu langer Zeit hätte er sich erschrocken hinter eine Wand der Wohlerzogenheit zurückgezogen und vorsichtig versucht herauszufinden, was von ihm erwartet wurde. Jetzt aber sagte er: »Sag mir, was ich fragen soll.«

Es ging um Todtleben. Sie wolle ihm erzählen, was in Rio de Janeiro geschehen sei.

»Als er vom Schiffsjungen hörte, dass ich eine Kutsche bestellt hatte«, sagte sie, »hat er sich bei mir erkundigt, ob er mit in die Stadt fahren dürfe. Eigentlich hatte er kein bestimmtes Ziel, aber ich hatte doch …« Sie verbesserte sich: »Nein, ich will dir zuerst sagen, dass ich schon früher in Rio de Janeiro gewesen bin. Ein paar Mal sogar. Als ich noch aufgetreten bin.« Sie lachte entschuldigend. Karsch lachte mit und versuchte vergeblich, sich vorzustellen, wie sie den tosenden Applaus in vollbesetzten Konzertsälen in Empfang nahm, mit großen Tanzschritten um den Konzertflügel herumschwebte, in den Kulissen verschwand, um dann für ihre Zugaben wieder zurückzutänzeln. Vielleicht war sie doch Schauspielerin.

»Ich kannte jemanden in Rio de Janeiro, den ich besuchen wollte«, fuhr sie fort.

»Den Chinesen.«

»Den Chinesen. Das hast du sicherlich im Krankenhaus von Ernst erfahren. Ich habe Ong, so heißt er, vor Jahren in Indien kennengelernt, dort gibt es viele Menschen wie ihn.« Es klang herausfordernd. »Nun gut, ich konnte Todtleben den Wunsch schwerlich abschlagen. Er ist nie aufdringlich gewesen, wohl aber immer sehr offenherzig, was ihn selbst betraf. Ich weiß auch nicht genau, warum.«

»Moser zufolge seid ihr Geistesverwandte.« Er biss sich auf die Zunge. Hatte das eifersüchtig geklungen?

Sie tat, als habe sie es nicht gehört. »Todtleben glaubte, er könne mir alles anvertrauen. Er hat mich wohl nicht als respektable Frau angesehen, glaube ich. Nein, du brauchst dich nicht aufzuregen. Er meinte es nicht einmal böse, denn ihm war ja gerade alles zuwider, was respektabel ist. Weil ihn das aus Deutschland verjagt hat, verstehst du? Du hast den Brief seines Freundes gelesen, du weißt also Bescheid. Mir hat er erklärt, dass er mit dem Selbstmord eines jungen Mannes in Verbindung gebracht werde, der vom Universitätsgebäude gesprungen sei. Gestoßen wurde, wie böse Zungen behaupten. Todtleben hat ausgesagt, dass er ihn nicht zurückhalten konnte, doch niemand hat ihm geglaubt. Ich glaube ihm, ehrlich gesagt, auch nicht. Warum?« Sie dachte nach. »Weil er es mir erzählte, als ob es ihn gar nichts anginge. Als ich sagte, es sei doch entsetzlich, dass ein so junges Leben auf eine solche Weise enden musste, zuckte er die Schultern. Das Kind – ja, so nannte er den armen Jungen – litt ihm zufolge an Hysterie. Er hatte jedoch wohl gemerkt, dass die ganze Geschichte bei mir nicht auf fruchtbaren Boden gefallen war. Es war, als wolle er etwas wiedergutmachen, denn danach sprach er nur noch über den Jungen wie ein Liebhaber über seine Geliebte.«

»Weißt du denn, wie sich so etwas anhört?«, fragte er etwas ernüchtert.

Karsch wusste es nur zu gut. »Jeder Liebhaber hat Angst davor, seine Geliebte könnte ihm untreu sein«, dozierte er, »denn es gibt ja keinen Grund, weshalb sie ihm unbedingt treu sein müsste. Ihre Beziehung existiert ja nur dank ihrer Untreue. Denn schließlich betrügt sie ihren Mann mit ihm.«

»Mir scheint, du weißt darüber bestens Bescheid.«

Ein heftiger Stich in der Magengrube. Während er die Lippenbewegungen von Asta Maris verfolgte, die fortfuhr, Todtlebens Welt zu erklären, kamen Erinnerungen hoch, die besser nicht aufgerührt worden wären, denn Karsch lief nun wieder als sechzehnjähriger Junge durch das Haus in Pommern, lauschte mit klopfendem Herzen an Türen, schloss, wo es möglich war, Flure ab und verriegelte Türen. Soeben war Leutnant Ambrosius eingetroffen, mit blank geputzten Stiefeln, die Spitzen des blonden Schnurrbarts triumphierend nach oben gezwirbelt. Er besaß eine helle, leider jedoch etwas wacklige Stimme, mit der er langatmige Balladen sang, die Franz' Mutter bei sonntäglichen Zusammenkünften im Salon auf dem Klavier begleitete. Doch der Leutnant war nicht zum Singen gekommen, er hatte sich durch die Orangerie und über die Innentreppe geradewegs zum Zimmer der Gräfin Mathilde von Karsch begeben. Sie machte sich meistens nicht einmal die Mühe, die Tür zu schließen, sodass ihre Stimmen in sämtlichen Tonlagen durch die Flure und das Treppenhaus hallten. Leutnant Ambrosius war jung und zu hochmütig, um zu begreifen, dass nicht er sie, sondern sie ihn auserwählt hatte. Während seine Mutter ihn mit ihrem Stöhnen anstachelte und das durchgelegene Bett knarrte, entfloh Franz über den Flur und lauschte im Treppenhaus, ob er von irgendwoher sich nähernde Schritte vernahm. Der Kammerzofe sagte er, dass die gnädige Frau in die Stadt gefahren sei, der Putzmagd, dass alles bereits am Tag zuvor gemacht worden sei, dem Gärtner, dass die Pflanzen auf ihrem Balkon schon gegossen worden seien – das eine Mal, als sein Vater unerwartet erschien, machte er einen Haufen Lärm und zerrte ihn nach draußen, wo er ihm angeblich einen Schmetterling zeigen wollte. Dabei summte ihm noch der Kopf von den Geräuschen aus dem Zimmer seiner Mutter. Auf keinen Fall durfte jemand erfahren, dass seine Mutter einen Besucher empfing. Das würde sein ganzes Leben verändern, das Haus würde sich in zwei

Lager teilen, und er würde auf dem leeren Platz in der Mitte übrig bleiben. Seine größte Angst war, dass Großmutter Wind davon bekommen könnte und sie ihre Bannflüche durch das Haus schleudern würde, die bis in den hintersten Winkel drangen und eine beklemmende Atmosphäre zurückließen. Wenn er auf diesen Streifengängen die Flure kontrollierte, litt er unter der Stille des Hauses und unter den kaum gedämpften Geräuschen aus dem Zimmer seiner Mutter, die überall zu hören sein mussten. Lange Zeit hatte er versucht, seine Scham über die Affären seiner Mutter und über seine stillschweigende Beihilfe zu verdrängen, doch es war ihm nie gelungen.

Monatelang lebte Leutnant Ambrosius in der Annahme, eine bedeutende Eroberung gemacht zu haben, bis ein Herr Kowalski, ein Pole mit glühenden Augen und abgekauten Fingernägeln, neben der Frau Gräfin auf der Klavierbank Platz nahm, um ihr die Feinheiten des Klavierspiels zu erklären. Recht bald kam auch er über die Orangerie ins Haus. Es dauerte eine Weile, bis der Leutnant begriff, dass er nicht mehr der Einzige war, der den Weg kannte. Franz hörte nun nicht nur die vertrauten Geräusche, sondern mitunter auch eine sich überschlagende Stimme, die dann eines Tages seiner Mutter fruchtlose Vorwürfe an den Kopf warf, flehte, drohte und am Ende zu dem Ergebnis kam, dass er ohne sie nicht leben könne, worauf sie ihm eisig die Tür wies. Er nahm die falsche und rannte auf dem Flur beinahe Franz über den Haufen, der dort bekümmert Wache gehalten hatte. Während Leutnant Ambrosius eine Schimpftirade auf ihn niederprasseln ließ, sah Franz, dass seine Augen rot geschwollen waren und seine Lippen bebten. Er erschien danach nicht mehr zum Singen.

»Du hörst mir nicht zu«, hörte er Asta Maris sagen.

»Hast du nicht gerade gesagt: Ein Liebhaber darf sich nicht über Untreue beklagen?«

Sie legte ihre Hand auf seinen Arm. »Nein. Wir sprachen über Todtleben und seinen Unfall.«

»Seit ich mich auf See befinde, lässt mich mein Gedächtnis im Stich. Es ist eine Qual. Meine Gedanken fliegen in alle Richtungen. Was war denn noch weiter mit Todtleben?«

»Es fiel mir auf, dass er sich während der Fahrt fortwährend umsah. Und er hatte etwas an sich, was ich vorher noch nicht gesehen hatte. Diese ganze überlegene Kultur, die er sonst an den Tag legte, schien mit einem Mal von ihm abgefallen zu sein, er war auf der Jagd. Zwar wusste ich bereits, dass ich von ihm nichts zu befürchten hatte, doch ich fühlte mich nicht sehr wohl bei der Sache. Als wir bei Ong angelangt waren, fragte ich ihn, was er vorhabe. Er wusste es nicht. Ong hatte bereits begriffen, mit was für einem er es hier zu tun hatte, er hatte diesen wölfischen Blick erkannt. Er fragte Todtleben, ob er vielleicht Gesellschaft suche. Dafür müsse er sich nur in die Gasse hinter seinem Warenhaus begeben. Dort gebe es Damen genug.«

Sie blickte verstohlen zu Karsch, der höflich nickte. Er nahm sich vor, nichts über seinen Ausflug mit Moser zum Haus mit den Lilien zu sagen.

»Todtleben gab zu erkennen, dass ihm der Sinn nicht nach Damen stehe, worauf Ong antwortete, dort werde sicherlich auch etwas zu finden sein, was seinen besonderen Wünschen entspreche. Später schickte er noch einen Boten in die Gasse, um sich zu erkundigen, ob alles nach Todtlebens Zufriedenheit verlaufen sei, doch er schien nicht mehr dort zu sein. Er war mit jemandem mitgegangen.«

»Wohin?«, fragte Karsch.

Sie zuckte die Achseln. »Es gibt dort unendlich viele Lokalitäten, die man aufsuchen kann.«

Der Åländer erschien an Deck, hielt nach den Sturmvögeln Ausschau und läutete die Glocke für das Mittagessen, womit sich weitere Fragen zu Todtleben erübrigten. Während sich Karsch hinter Asta Maris zum Speisesaal begab, grübelte er, ob dieser Chinese wohl ein so anständiger Mensch sein könne, als den sie ihn ausgegeben hatte.

5

Östlich von Argentinien herrschte Nebel.

Weil Asta Maris in ihrer Kabine geblieben war, wurde Karsch von Moser angesprochen. »Und?«, fragte der Salpeterhändler.

»Was und?«

»Todtleben?«

»Sie weiß es auch nicht genau.« Es war die reine Wahrheit.

Moser nickte bedächtig. »Ihr wollt es für euch behalten, nicht wahr? Das gehört sich nicht, für anständige Menschen gehört sich das nicht. Für Sie schon gar nicht. Wie ich Madame Maris beurteilen soll, weiß ich nicht, sie spricht kaum mit mir, während ich doch immer offen und ehrlich bin. Als Einziger von allen hier an Bord.«

»Ach.«

»Ja. Ich habe vor niemandem Geheimnisse. Ihr dürft alle wissen, dass mich meine Frau betrügt, wenn ich auf Reisen bin. Ich weiß, dass es so ist, warum also sollte ich es verschweigen?«

»Weil es Menschen gibt, die das gar nicht wissen wollen.«

In Mosers Miene blitzte etwas Hinterlistiges auf. »Das sagen sie, weil sie selbst etwas zu verbergen haben. Nehmen Sie nur sich selbst, Karsch. Ich sehe Sie nie mehr mit Ihren wissenschaftlichen Geräten hantieren. Sie sitzen immer nur grübelnd in Ihrem Deckstuhl. Sie verbergen etwas, das sieht selbst der erstbeste Matrose. Was mich angeht, ich verberge nichts.«

Karsch nickte. Wenn er Moser erzählen würde, worüber er nachdachte, würde der ihm nicht glauben. Das sind doch alles Kleinigkeiten. Dass ein Mensch sich darüber aufregen kann. Du hast keine Frau, die dich betrügt, du bist nicht arm, du hast keinen Trottel von einem Sohn, der Musiker werden will, statt etwas Zeitgemäßes zu erlernen, etwas, was Zukunft hat. Moser könnte Karsch fragen, welchen Inhalt sein Leben denn überhaupt noch habe. Die Beschäftigung mit dem Meer, die er vollständig aufgegeben hatte? Asta Maris? Angeblich nur befreundet mit einem Chinesen in Rio de Janeiro? Nein, dann schon eher Todtleben, man konnte sagen, was man wollte, aber der hatte aus seinem Leben eine Geschichte gemacht. Zugegeben, eine schmuddelige Geschichte, aber dennoch eine Geschichte. Er, Karsch, hatte sich eigentlich nur gelangweilt.

Er wandte sich zu Moser.

»Wissen Sie«, sagte er ruhig, »ich werde offen sein: Ich langweile mich.«

Moser blickte ihn argwöhnisch unter seinen dichten Augenbrauen an. »Mit Verlaub, Sie segeln mit einem Schiff über den Ozean, in Rio de Janeiro lassen Sie es gehörig krachen, Graf sind Sie auch noch, und Sie wollen sich langweilen?«

»Sie verstehen es falsch.« Karsch bereute seine Offenheit bereits wieder. »Ich meinte Langeweile anderer Art. Wer sich mit vielem beschäftigt, so wie ich, kann sich dennoch langweilen.«

»Ja, natürlich«, höhnte Moser, »so etwas kommt öfter vor. Aber wenn Sie mich fragen: Ich fühle mich wie ein Fisch im Wasser. Oder langweilen sich Fische auch?«

Karsch ließ das Thema fallen. Für Moser war die Welt einfach: Geld verdienen und zusehen, dass man aufstieg. Wenn das nicht gelang, konnte man immer noch seine Wunden gemeinsam mit den anderen lecken, den Millionen, denen es auch nicht gelungen war. Wer weiß, vielleicht würde ein Krieg etwas bewirken.

Karsch musste nicht erfolgreich sein, er hatte seine Erfolge bereits eingeheimst. In der Schule war er ein guter Schüler gewesen, in Physik sogar ein hervorragender, und er hatte die Auszeichnungen nur so gesammelt. Seine Leistungen ließen seine Eltern kalt, denn schließlich war es ziemlich einerlei, was man in der Schule erreichte, solange man nur tat, was von einem verlangt wurde. Ein von Karsch lernte nicht, um etwas im Leben zu werden, er war das schon von Geburt an. Die Zukunft war etwas für Menschen, die ihren Platz noch nicht erobert hatten. Wenn man erwachsen wurde und sich langweilte, blieben immer noch die Schmetterlinge und die Klavierlehrer. Wahrhaftig, wenn man nicht achtgab, flog die Zeit vorüber. Ja, so war es. Er lebte in einem glücklichen Land. Die Blaskapellen glänzten frisch gewienert, Zeppeline verdunkelten den Himmel, Caruso sang, es fuhren Raddampfer umher, auf denen Kinder ihre rote Brause bekamen, jeder, der wollte, trug eine Uniform mit Messingknöpfen, das Wetter war gut und das Fleisch auch. Nur das Meer schwieg, und Karsch langweilte sich.

Vielleicht war er besonders anfällig für Langeweile, so wie

manche Menschen immerzu erkältet sind. Man könnte es auch als Talent bezeichnen. Die Langeweile war immer der Augenblick, in dem er vollständig auf sich selbst zurückgeworfen wurde. Kein Anreiz war dann stark genug, um seine Aufmerksamkeit in Gang zu halten, er war allein mit seinem *Selbst*, das sich auf einmal als *Ding* entpuppte, in dem er eingesperrt war, und das sich ihm bis zum Ersticken aufdrängte. Erst die Langeweile ließ ihn erkennen, dass er ein Gefangener war, eingesperrt in einem Fass, das seinen Namen trug. Durch zwei Löcher, die der Schöpfer in die Dauben gebohrt hatte, starrte er auf die Welt, die das Glitzern in seinen Augen nicht bemerkte. Wenn er sich ins Dunkle zurückzog, fiel durch sie das einzige Licht ins Innere. Er konnte verfolgen, wie es seine Bahn entlang der Daubenwand zog, und er zählte die Stunden des Tages anhand der Längsritzen.

Das Leben.

In Wirklichkeit stand er auf dem Deck der *Posen* und beobachtete, wie ein paar genauso gelangweilte Möwen aus dem Nebel auftauchten und das Meer vorbeizog. Während Mosers Gedanken darum kreisten, was es zu essen geben würde, fragte sich Karsch, ob er nicht vielleicht doch Agnes Saënz heiraten sollte. Von Stille umgeben sich selbst über die Zeit bringen, ganz für sich allein im Fass. Nie würde er den Deckel herausdrücken und nackt wie Diogenes mit Hohn auf die Welt herabschauen, Kaiser Willi mit seinem Es-ist-erreicht-Schnurrbart und seiner silbernen Pickelhaube bitten, ihm aus der Sonne zu gehen, am helllichten Tag mit einer Laterne durch den Tiergarten laufen, mit suchendem Blick beim Affenhaus stehen bleiben, nirgends seinen Weisen finden, sich öffentlich auf dem Kurfürstendamm befriedigen ... *Das Leben ist schön, Franz! Jaja, aber wo ist es?*

Todtleben, Moser und er selbst waren in Rio von Bord gegangen und hatten alle drei, ohne sich zu verabreden, ihre gepflegten Umgangsformen abgelegt. Moser offen, Todtleben halb versteckt, er aber, Karsch, im Geheimen. Er hatte sich keinerlei Blöße gegeben, bis er an Deck Moser vor die Füße gefallen war. Bereits nach wenigen Tagen war es ihm gelungen, die Prostituierte so erfolgreich zu vergessen, dass er sich ihr Gesicht schon nicht mehr ins Gedächtnis rufen konnte. Sein Anstand beseitigte diese Art von Schmutzflecken sofort. Dennoch hatten sie alle drei dasselbe gedacht und getan. Moser hatte eine glühende Zukunftsvision, in der er und seinesgleichen das Sagen haben würden, Todtleben suchte den Tod und dadurch umso mehr das Leben, Karsch suchte gar nichts. Ein halbherziges Streben nach wissenschaftlicher Erkenntnis hatte ihn hergeführt, in diesen Nebel irgendwo auf der Höhe von Patagonien und Feuerland. Länder aus Kinderbüchern, in denen Tiere mit sechs Beinen hausten, zweiköpfige Höhlenbewohner über endlose Ebenen rannten, die Menschen Eier legten und froren. Länder wie auf einem dieser lächerlichen Kupferstiche aus den alten Büchern seines Vaters. Hier war er in Breiten angekommen, wo Wahrheiten nicht mehr zählten, nur noch Märchen, patagonische Vermutungen, die Kinderwelt aus der Zeit vor der Schöpfung, und das Meer, ja, das, das war noch dasselbe – oder vielleicht auch nicht, das wusste er nicht, das hatte er versäumt herauszufinden, weil er Asta Maris hinterherlief und die Fassung verlor, weil sie einen Chinesen in Rio de Janeiro besucht hatte. Bald würde Feuerland den Horizont mit bengalischem Feuer grün färben.

Todtleben hatte Glück im Unglück gehabt und war in Rio geblieben. Ob er noch weiter zum Deutschen Gymnasium in Santiago de Chile reisen würde, mit neuen Träumen und gefährlichen Freundschaften? Oder sollten sie dort auch den *Anzeiger* lesen mit der Meldung, dass Todtleben, der vielleicht gar nicht so hieß, in Deutschland im Zusammenhang mit einem unaufgeklärten Todesfall gesucht werde? Aber immerhin war ihm sein Leben geblieben, auch wenn es ein unaufgeklärtes Leben war.

Karsch schloss die Augen und stellte sich vor, wie Todtleben auf den Eingangsstufen des Krankenhauses von Rio de Janeiro stand, tief durchatmete und sich zielbewusst in alle Richtungen umblickte. Der sterbende Gallier war endlich gestorben, hier stand ein neuer Mensch, die hohe weiße Stirn glänzte in der Sonne, der Blick besagte, dass alle Träume ausgeträumt seien. Eine unbekannte Kraft schien seinen Körper zu durchglühen. Das war niemand, der den jungen Selbstmörder von seinem Vorhaben abgebracht hätte. Er war dabei gewesen, und womöglich hatte er ihm etwas Schreckliches angetan, bevor er ihn lachend über den Rand gestoßen hatte, doch hier in Rio de Janeiro wusste niemand außer ihm davon. Ein Lächeln kräuselte seine Lippen, der linke Mundwinkel zog sich selbstsicher nach oben. Er brach eine Lilie ab und steckte sie sich ins Knopfloch.

Mit dem Zug erreichte er den Fluss, dort ging er an Bord eines weißen Schiffs mit überdachten Decks, das ihn weiter ins Innere des Landes brachte. Todtleben schlenderte dort über die Decks, ein Mann ohne Pass, aber Herr über sein Leben, umgeben von Frauen in Musselinkleidern und Männern in schlaffen weißen Anzügen. Sein Blick glitt über sie hinweg auf der Suche nach dem einen verstohlenen Blick, der ihm genug sagte.

Sie fuhren zwischen endlosen Mauern von Grün hindurch, doch im Salon spielte die Musik, der Punsch wurde in beschlagenen kupfernen Eiseimern herumgereicht, bis das Schiff die

Stadt Manaus erreichte, die strahlend aus dem Urwald auftauchte, über den bereits die Nacht herabgesunken war. Der Fluss erwachte zu neuem Leben, das Wasser glitzerte unter den Hafenlichtern, Straßen führten wie leuchtende Linien zum Mittelpunkt, zur Oper, wo auf großen Schildern der *Othello* angekündigt wurde.

Doch Karschs Geist ließ ihn dort nicht lange verweilen. Todtleben, der Schuldige, musste weiterziehen. Im grellen Sonnenlicht stand er regungslos auf dem Vordeck eines kleinen Motorbootes, das ihn westwärts, fort von den Menschen, brachte. Gleichgültig blickte der Himmel auf ihn herab, hoch bewachsene Ufer schlossen ihn ein, die Sonne schickte nur noch Funken durch das dichte Blätterwerk. Er war noch Mensch, dieser Todtleben, doch seine Geschichte fiel wie eine alte Haut von ihm ab, bald würde er hier ein Tier unter Tieren sein, eine Pflanze unter Pflanzen – *ego flos* –, ein Stein unter Steinen. Langsam wie der Sonnentau verdaute der Wald alles, und alles, was dort lebte, löste sich darin auf. Frei von Schuld oder Sünde.

»Träumen Sie?«

Karsch schlug die Augen auf. Moser hatte sich über ihn gebeugt.

»Nein, nein«, antwortete Karsch heiser. »Ich habe nachgedacht. Das ist manchmal wie Träumen.«

6

Karsch wollte nicht länger begreifen, nicht länger zu Einsichten gelangen, nicht länger sein edles inneres Leben hegen und pflegen und schläfrig ringsum Weisheiten über die Unergründlichkeit des Meeres verbreiten. Götz Wyrow, Cousine Bettine, Jochen der Einsteher, Todtleben, alle hatten sie etwas gewagt. Es hatte elektrische Reize durch ihr Rückenmark gesandt, die Welt groß und hell gemacht. Selbst Asta Maris gehörte zu ihnen. Weil sie ganz allein mit ihrem Koffer durch die Welt reiste und Chinesen kannte …

7

Nebel, Tag für Tag Nebel und kalter Wind.
Asta Maris stand an der Reling, die Sicht betrug nicht mehr als fünfzig Meter. Ihr blondes Haar fiel unter einer alten Fellmütze in ungebändigten Locken auf ihre Schultern. Sie lachte, als sie ihn erblickte, und ergriff kokett seinen Arm. Etwas spöttisch fragte sie, ob sie zusammen spazieren gehen sollten. Bevor Karsch etwas erwidern konnte, hatte sie ihn in die Richtung des Backdecks mitgezogen, das im Nebel kaum zu sehen war.

Für ihre Verhältnisse war sie in heiterer Stimmung, ihre Tanzschritte waren tänzerischer als je zuvor, sie lachte viel und ausgelassen und hielt sich dabei immer wieder an Karschs Arm fest, der sich anstecken ließ und mitlachte. Sie wollte alles Mögliche von ihm wissen.

Verlegen, stotternd und nach Worten suchend, bemühte sich Karsch, ihr näher zu erläutern, wer er war und wer seine Eltern waren, Fragen, die er bisher in seiner typischen Zurückhaltung so weit wie möglich abgewehrt hatte.

»Deine Mutter wurde von Oma ausgesucht«, pflegte sein Vater immer kichernd zu sagen, »selbst wäre ich nicht auf die Idee gekommen.« Oma, eine unscheinbare Frau, von fortwährender Trauer gebeugt, trat stets in drei dezenten Schals und sieben schwarzen Röcken auf, das Haar unter einer Spitzenhaube festgesteckt. Sie hatte bis zu ihrem Tod bei ihnen im großen Haus gewohnt, wo zu ihrer Zufriedenheit seine Mutter für die Pächter zuständig war und sein Vater für die Schmetterlinge. Letzterer war nach einem Leben voll stillen Vergnügens mit einem Lächeln auf den Lippen gestorben, demselben Lächeln, das seine Mutter immer in Rage gebracht hatte, weil es ein Zeichen dafür gewesen war, dass er ihr nicht nachgeben würde, wie sehr sie auch danach trachtete, ihn zu zermürben.

Karsch sagte zu Asta Maris, dass seine Eltern wie alle anderen Eltern gewesen seien. Als Junge achte man nicht so sehr darauf, schließlich müsse man mit diesem einen Paar auskommen.

Um weiteren Fragen auszuweichen, stellte er selbst welche. Sie lachte wohlwollend, doch ihre Antworten kreisten mit großen Tanzschritten um die heiklen Dinge herum. Es war die Rede von einem flachen Land mit einem großen Haus. Mit sechzehn Jahren sei sie mit ihren Eltern und einem Bruder nach Batavia in Niederländisch-Indien umgezogen. Dort hätten sie ein angenehmes Leben gehabt, sie hätten weiße Kleider getragen und auf der Veranda gesessen. Sie hätten immer Tee getrunken, Asta und ihre Mutter, und dann seien sie durch die Alleen gefahren und hätten nach den Kutschen Ausschau gehalten, die ihnen entgegenkamen, um zu sehen, wer darin saß und mit wem. Sie habe dort das Klavierspiel gelernt und auf Vortragsabenden geglänzt. Gleichzeitig waren ihre Erinnerungen auch undeutlich – oder besser gesagt, undurchsichtig. Sie schienen sich hinter einem Gazevorhang abzuspielen, als habe sie sich damals nicht die Mühe gemacht, sie richtig wahrzunehmen. Ob er wisse, was das Wajang-Spiel sei. Es seien Schatten auf einem Schirm, doch wenn man die Puppen bei Tageslicht betrachte, seien sie farbig und sorgfältig bemalt. Das sei ihre Erinnerung an früher, ein Schattenspiel, nur die Geräusche und die Gerüche, vor allem diejenigen der Nacht, hätten für sie nichts von ihrer Schärfe verloren. Aber er solle nur nicht denken, dass ihr Kopf voller Leerstellen sei, oh nein, sie habe genug süße Träume.

Dabei beließ sie es. Sie strich ihm über den Arm und schmiegte sich an ihn. Nachdem er jetzt wisse, wie sie als Mädchen gewesen sei, wolle sie erfahren, was für eine Jugend er gehabt habe. Es gehörte wohl zur letzten Phase ihrer gegenseitigen Annäherung, hoffte Karsch, doch sicher war er sich nicht. Er bereute, dass er im Umgang mit Frauen nicht besser geübt war. Ihre Nähe machte ihn schwindelig. Er versuchte seine Befangenheit abzustreifen, entspannt zu sein, ganz der Kavalier der alten Schule, doch gleichzeitig sprangen die Affen seiner Geilheit aufgeregt in seinem Kopf herum – unterhalb seines Zwerchfells gähnte eine Leere.

Seine Stimme klang steif. Gemessener als eigentlich beabsichtigt, erzählte er, dass ihn zu Hause niemand belästigt habe, was der Wahrheit entsprach. In Stettin, wo er aufs Gymnasium gegangen sei, sei das anders gewesen. Die Schule sei alt und farblos und die Lehrer teilnahmslos gewesen. In den ersten Jahren habe er sich oft geprügelt. Es sei dort Tradition gewesen, dass die unteren Klassen den älteren Jungen hörig waren, notfalls sogar für sie stehlen gingen. Weil er von außerhalb kam, habe Karsch anfangs keinen seiner Klassengenossen gekannt, wodurch er zu einer leichten Beute geworden sei. Er erzählte Asta Maris nicht, dass ein Junge namens Lund – die älteren wurden bei ihrem Nachnamen genannt – es aufgrund einer natürlichen Antipathie auf ihn abgesehen hatte und ihn einige Male im Beisein von anderen angespuckt, bedroht und danach zu Boden geworfen hatte. Karsch hatte sich gewehrt, was man von einem Erstklässler nicht erwartete. Nicht dass sein Mut viel bewirkt hätte, aber durch sein Auftreten wurde er in einen Kreis von Schülern der unteren Klassen aufgenommen, der sich um den hageren Alberich Weidenlander geschart hatte, ein Junge mit einem Messer, das in seinem Strumpf steckte. Lund wusste davon.

Lund war hübsch und kräftig, und es wurde erzählt, dass er Umgang mit Mädchen hatte, doch das hatte noch niemand gesehen. Seine Mitläufer schauten zu ihm auf, vielleicht auch aus Furcht, geschlagen zu werden, Lunds Rauflust war weit und breit bekannt. Karsch lernte, wie man sich am besten wehren konnte. Er lernte zu treten, wohin er nur konnte, und mit einem Stein in der Hand zuzuschlagen. Er lernte auch, dass es besser war, den Feind zu zweit anzugreifen, einer von hinten und einer von vorne.

Während er Asta Maris etwas anderes, Harmloseres über seine Stettiner Zeit erzählte, sah Karsch sich durch eine der Vorstädte rennen, verfolgt von Lund und drei gefürchteten Jungen von der Silberwiese. Er wurde ergriffen und auf das Pflaster gedrückt. Einer der drei trat ihm Pferdemist ins Gesicht. Lund hatte seinen Fuß auf seinen Nacken gesetzt, ein anderer durchsuchte seine Taschen. Noch immer konnte Karsch spüren, wie der Ekel damals seinen ganzen Körper durchflutet hatte. Während ihn eine schmutzige Hand unter Gelächter zwischen den Beinen betastete und kniff, fragte er sich, warum ihm niemand half. Warum dieser Mann auf der anderen Straßenseite hastig weiterlief und dort drüben die Fensterläden geschlossen wurden. Zum ersten Mal in seinem Leben ekelte er sich davor, dass er lebte. Dass sein Körper dies zuließ, dass er nicht von ihm fordern konnte, ihn zu beschützen. Nächtelang lag er wach im Bett, auf der Suche nach einem Weg, sich selbst und der Niederlage, die ihm anhaftete, zu entkommen.

Zwei Wochen später waren Nebelschwaden vom Meer bis nach Stettin herübergezogen, wo sie schwefelgesättigt haften geblieben waren. Am Abend hatte sich Franz wie ein Schatten an Lunds Fersen geheftet. In einer stillen Gasse schlug er ihn mit einem Knüppel von hinten nieder. Als er ihn fallen sah, verspürte er keine Erleichterung. Stattdessen überkam ihn dieselbe Abscheu wie damals, als er auf der Straße lag. Er hatte Lund am Hals getroffen. Statt auf Widerstand zu stoßen, traf der Knüppel auf fast mädchenhafte Zartheit. Weiches Fleisch. Lund hatte sich umgedreht, die Augen voll ungläubiger Angst, doch im selben Augenblick war er in die Knie gegangen und zu Boden geglitten, wobei er mit dem Kopf hart gegen die Mauer stieß. Benommen hatte er zu Franz aufgeschaut, auf den nächsten Schlag wartend. Im Schein der Straßenlaterne hatte Franz gesehen, wie sein Gesicht kreidebleich wurde, Blut lief den Hals hinunter. Sein unordentlich zusammengesackter Körper hatte schon die Haltung eines Toten angenommen. Lund hob den Kopf. Es lag etwas Flehendes in seinem Blick, weil er danach noch wehrloser sein würde, wenn er sich vor Schmerzen gekrümmt nach Hause schleppen würde. Franz hob den Knüppel. Um den Schlag abzuwehren, hielt sich Lund eine Hand vor das Gesicht, er öffnete den Mund, doch der Schrei blieb aus. Franz bekam Angst. Gleich würde er noch einmal zuschlagen, und dann noch einmal, bis das Blut aus Lunds Mund und Nase schießen würde, und niemand würde ihn zurückhalten, niemand würde später erfahren, dass er es gewesen war, der hier mit dem Knüppel in der Hand gestanden und Lund totgeschlagen hatte.

Asta Maris drückte Karsch aufmunternd den Arm.

»Vom Raufen werden Jungen reifer«, sagte sie fröhlich.

Karsch nickte. Damit hatte sie recht, ohne zu wissen, warum, denn er hatte Lund nicht noch einmal geschlagen. Es war keine innere Stimme oder etwas dergleichen, die es ihm verboten hatte, niemand hatte den Zeigefinger erhoben, es war ein plötzlich aufkommender Ekel vor sich selbst gewesen. Er war weggerannt und hatte den Knüppel in einiger Entfernung in die Oder geworfen. Seitdem hatte er sich nie mehr geprügelt, auch später nicht, in seiner Studentenzeit. Er hatte sich alles gefallen lassen, der Ekel, den er damals empfunden hatte, war immer stärker gewesen als der Schmerz.

Asta Maris neigte sich zu ihm und bat ihn, stehen zu bleiben. Sie zog einen Handschuh aus und strich mit den Fingerspitzen etwas von seiner Wange, wobei sie vor Konzentration leicht schielte. Gleichzeitig fragte sie ihn, ob er denn auch mal verliebt gewesen sei, als er jung war.

Feucht vom Nebel klebte das blonde Haar an ihrer Stirn, ein einzelnes Nebeltröpfchen glitzerte an ihren Wimpern. Verzweifelt versuchte seine Wange den Abdruck ihrer Finger festzuhalten.

Vergebens.

Nie war er so verliebt gewesen wie jetzt.

Doch das sagte er nicht. Stattdessen sagte er in gleichgültigem Ton, er habe sich einst in ein Mädchen verliebt, das ihm in einer Gastwirtschaft sein Bier gebracht habe, später habe er gemerkt, dass er sich immerzu und überall in Servierfräulein verliebe, anscheinend sei das eine Angewohnheit von ihm.

Asta Maris kicherte und schlug vor, sich eine weiße Schürze umzubinden, was er ihr verbot. Unter solchen Tändeleien spazierten sie weiter über das Deck, vor der Tür ihrer Kabine gab sie ihm schließlich einen Kuss auf die Wange und ließ ihn in höchster Aufregung stehen.

Im Salon ließ er sich einschenken. Während er einen Daumen in den Armausschnitt seiner Weste steckte, überdachte er seine Zukunft, überlegte, wo sie wohnen und wie viele Kinder sie bekommen sollten.

Moser trat zu ihm und meldete, dass man raues Wetter aus dem Westen erwarte.

8

Nasses Schneetreiben, Windstärke sieben aus einer schmutzigen Ecke und noch mehr im Anmarsch. Die See, wie Fleisch geädert mit zischenden Schaumspuren, hob und senkte sich fieberhaft. Das Wasser spritzte hoch auf und vernebelte zu einem salzigen Dunst, der auf den Lippen brannte. Kapitän Paulsen ersuchte die Passagiere, nicht mehr an Deck zu gehen, und riet ihnen, alles, was in der Kabine lose herumlag, wegzuräumen und, wenn nötig, zu fixieren.

Das Barometer fiel weiter.

Ein Segel riss, schlug knallend gegen die Taue und versuchte sich von der Rah loszureißen. Kurz darauf riss noch ein weiteres. Matrosen wurden den Mast hinaufgeschickt, um dem Aufruhr Einhalt zu gebieten. In ihrem glänzenden Ölzeug wirkten sie wie Stare auf einem Telegrafendraht, als sie sich über die Rahen beugten, um Segel zu bergen.

Die *Posen* krängte bereits so stark, dass sich das Bullauge in Karschs Kabine permanent unter Wasser befand, wodurch er sich dort nicht mehr wohlfühlte. Sein Herz schlug nicht mehr nur für das Meer, er hatte jetzt andere Pläne.

Die Glocke zum Abendessen erklang eine Stunde zu früh.

Weil ein heftiger Sturm im Anzug war und der Åländer nicht garantieren konnte, später noch etwas Warmes zubereiten zu können, wurde das Essen früher als üblich serviert.

Zu Karschs Enttäuschung ließ sich Asta Maris nicht im Speisesaal blicken. Er sah den Schiffsjungen mit einem vollen Tablett die Treppe hinuntergehen und nahm sich vor, sie bei Gelegenheit zu fragen, warum sie immer für Tage in ihrer Kabine blieb.

9

Meer und Luft flossen zu einer einzigen aufstiebenden Wassermasse zusammen, der Ozean ließ seine Legionen in unaufhaltsamen Wogen gen Osten ziehen. Das Schiff schlingerte und stampfte und ließ Mauern aus Wasser über sich hinwegrollen. Alles, alles drängte nach Osten. Wer an

Bord der *Posen* keine Segel barg, hing am Ruder, um das Schiff auf Kurs zu halten.

Offenbar bereitete Kapitän Paulsen der Sturm kaum Sorgen, das Einzige, was ihm die Laune verdarb, war, dass er aus der falschen Ecke kam. Wenn er dort hocken blieb, müssten sie warten, bis er sich drehte, um Kap Hoorn umrunden zu können. Sie könnten auch einen südlichen Kurs halten, doch wenn der Wind weiterhin aus der falschen Richtung käme, könnte das wiederum tagelange Verzögerungen nach sich ziehen.

Moser hockte im Salon, über die Seekarte gebeugt, die mit Ziffern, Linien und Kreisen bedruckt war, nur an den Seitenrändern konnte man kaum erkennbare, ausgefranste Umrisse des Festlands ausmachen. Ab und zu stand Moser auf, um nach draußen zu schauen, wonach er die Karte erneut studierte, vor sich hin murmelte, die Karte drehte, auf den Kopf stellte, wieder zurückdrehte, aus größerem Abstand betrachtete, als wolle er den Ort bestimmen, an dem sie sich in diesem Augenblick befinden mussten.

Der Schiffsjunge erschien und fragte, ob einer der Herren wisse, wo Frau Maris sei. Die Tür ihrer Kabine stehe offen, doch sie sei nirgends zu sehen. Wegen des Sturms habe er das Essen nicht einfach irgendwo abstellen können, daher habe er sie gerufen, doch sie sei nicht erschienen.

Im Salon wurde es still. Moser und Karsch sahen sich an, keiner von beiden wusste etwas zu sagen. Karsch verspürte eine aufkommende Übelkeit. Blitzartige Visionen von Asta Maris, die in den Wellen verschwindet, nachdem sie vom Deck geschleudert wurde, eine aberwitzige Vision von Asta Maris, die über die Reling steigt und, in ein unirdisches Licht gehüllt, über die Wogen wandelt, eine elende Vision von Asta Maris, die an irgendeiner unbekannten Küste angespült wird, das Gesicht im Sand, Seetang an den Händen.

Der Junge wurde losgeschickt, um zu fragen, ob sie an Deck gesichtet worden war.

Nein, niemand hatte sie gesehen.

Fluchend befahl Kapitän Paulsen dem Jungen, noch einmal nachzuschauen. Als er mit derselben Nachricht zurückkehrte, stand Karsch auf und sagte, dass er nach dem Rechten sehen wolle. Der Zweite Offizier ging mit, Moser auch.

Der Zweite Offizier klopfte an die Tür ihrer Kabine, die wieder geschlossen war. Als sich nichts regte, steckte er seinen Kopf durch die Tür und leuchtete mit einer Laterne ins Innere.

»Niemand zu sehen«, stellte er fest.

Moser zeigte auf die Tür am Ende des Ganges. »Ich hab die noch nie offen stehen gesehen«, bemerkte er.

Der Zweite Offizier bestätigte, dass sie immer geschlossen sei. Sie führe in den Laderaum, aber was sollte denn jemand wie Frau Maris dort zu suchen haben? Er wollte die Tür schließen, doch Karsch hatte ihm die Laterne bereits abgenommen und stieg die Treppe hinunter. Moser und der Zweite Offizier folgten mit der Lampe, die im Gang hing.

10

Im Schein ihrer Lampen sahen sie Stückgut, fest in geölte Leinwand verzurrt, hoch aufgestapelte Kisten. Der Geruch von Ausscheidungen aus dem Schweinekoben am anderen Ende des Schiffes. Die Luft roch verbraucht. Über ihnen klatschten die Sturmfluten mit dumpfen Schlägen auf das Deck, sie hielten sich nur mit Mühe auf den Beinen. Hier und da waren schmale Durchgänge, durch die sie sich seitlich zwängen mussten. Während sie über die Stapel krochen und den Laderaum durchsuchten, riefen sie immer wieder ihren Namen, ohne Antwort zu erhalten.

Und dann entdeckten sie Asta Maris hinter einem der Masten. Sie saß mit dem Rücken an den Mast gelehnt und blickte voller Entsetzen auf den Boden. Ratten liefen um sie herum, stellten sich auf die Hinterbeine und reckten besorgt ihre Nasen in die Luft, flüchteten sich vor dem Licht der Laterne hinter ihren Rücken, huschten halb unter ihren Rock, schossen davon, wenn ein Lichtstrahl auf sie fiel. Verwirrt deutete sie mit dem Finger um sich herum und sprach aufgeregt in einer fremden Sprache.

Karsch beugte sich zu ihr hinunter und redete beruhigend auf sie ein. Alles werde wieder gut. Es könne ihr nichts mehr geschehen, er sei jetzt bei ihr.

Sie blickte ihn an, als sähe sie ihn zum ersten Mal in ihrem Leben. Jaja, er sei jetzt da, sagte sie auf Deutsch, doch ihre Augen verrieten, dass er ihr vollkommen fremd war. Als eine schwere Woge auf das Deck krachte, hielt sie sich ängstlich an ihm fest und rief etwas Unverständliches. Verstört deutete sie auf das Spiel ihrer Schatten, die sie links und rechts umtanzten.

»Ich rieche Alkohol«, stellte Moser fest.

Karsch nickte. »Ich auch.«

Als sie sie durch das stampfende Schiff nach oben trugen, spürte er, wie ihr Körper vor Angst zitterte. Oben an der Treppe nahm Karsch sie entgegen. Er hob sie hoch, verlor dabei beinahe das Gleichgewicht und wäre in den Laderaum zurückgefallen, wenn die anderen ihn nicht gestützt hätten. Auf dem schwankenden Boden hielt er sich nur mit Mühe auf den Beinen, und so trug er sie mithilfe der anderen zu ihrer Kabine.

Karsch setzte sie auf dem Rand des ungemachten Bettes ab. Verwirrt sah sie ihn an.

In der Kabine herrschte wüste Unordnung. Zwei leere Rumflaschen rollten mit den Bewegungen des Schiffes über den Boden. Der Deckel des großen Kabinenkoffers mit dem M war geöffnet, zwischen den Kleidern lagen einige volle Rumflaschen. In einer Anwandlung von Fürsorglichkeit ging Karsch vor ihr in die Hocke, schnürte ihre Halbstiefel auf und zog sie vorsichtig aus. Als er ihrer Füße ansichtig wurde, stockte er. Alter, angetrockneter Schmutz klebte zwischen ihren Zehen, an den Fersen und den Rändern ihrer Fußsohlen.

Sie folgte seinem Blick und kicherte belustigt.

Karsch bemerkte es nicht, wie gebannt starrte er auf ihre schmuddeligen Füße. Als er sie ansah, zuckte sie hilflos die Schultern. Plötzlich erstarrte sie und deutete mit bebender Hand auf Moser.

»Ja, was haben wir denn hier?«, hörte Karsch ihn hinter seinem Rücken sagen. Er drehte sich um. Der Salpeterhändler hielt eine Opiumpfeife in die Höhe und deutete auf weitere Gerätschaften, die zum Rauchen benutzt wurden.

»Ich denke, jetzt wissen wir auch, was für eine Art Freund dieser Chinese gewesen ist.«

Karsch nahm ihm die Pfeife ab und warf sie in den Koffer. Er bemerkte knapp, all das gehe Moser nichts an, doch seine Stimme klang matt und niedergeschlagen.

Moser grinste. »Mit einem Mal wird mir einiges klar«, sagte er zufrieden.

»Mir auch, und was haben wir davon?«

Er lachte. »Wir? Nichts. Vielleicht kann man daraus lernen, dass die Menschen stets etwas anderes zu sein vorgeben, als sie in Wirklichkeit sind.«

»Ich kann Sie beruhigen, Sie sind immer ganz Sie selbst.«

»Ja, das ist wohl so«, bestätigte Moser ernsthaft. »Ich habe nichts zu verbergen. So sollte es bei jedermann sein. Jeder sollte wissen, wer sein Gegenüber ist. Es schafft Klarheit, wenn die Tatsachen bekannt sind.«

Karsch verlor die Geduld und wollte ihn zurechtweisen, als Asta Maris sich in ihrem Bett übergab.

Moser verzog angeekelt das Gesicht. »Sie kommen jetzt wohl auch ohne mich zurecht. Wenn Sie mich noch brauchen, können Sie mich ja rufen.« Er machte eine ironische Verbeugung vor Asta Maris, die, von letzten Krämpfen geschüttelt, auf ihren Mageninhalt starrte.

Ein saurer Geruch verpestete die Luft. Nach kurzem Zögern hob Karsch sie auf und trug sie über der Schulter zu seiner Kabine.

11

Auf seinem Bett sitzend, versuchte sie, mit einem Auge ihren Blick auf ihn scharf zu stellen. Sie öffnete den Mund, um etwas zu sagen, doch stattdessen senkte sie den Kopf, hob ihn wieder, schüttelte ihn langsam, verzweifelt über die Ohnmacht der Worte, die sie hatte sagen wollen, weil sie nichts erklären konnten, zu blass waren, um die Farben wiederzugeben, mit denen sie schildern wollte, zu groß und ungestalt waren – sie aber wollte sich klein machen und reinigen, vor allem reinigen – damit sie alle Schmuddeligkeit loswürde, die jetzt noch wie ein klebriger Film auf ihrer Haut haftete, so wie manchmal im Frühjahr kleine Tropfen von den Bäumen fielen, die sich überall festsetzten und die Dinge matt und stumpf erscheinen ließen – was tat das eigentlich zur Sache – sie könne alles erklären – während ihre Finger Fusseln aus ihrem Schal zupften – sie habe gar nichts zu verbergen, für alles gebe es eine Erklärung, wenn sie nur wüsste, wo sie beginnen solle ... Wieder suchte sie nach Worten, doch sie sah sie nur als Bilder, starr, in Druckerschwärze gegossen, feindlich gesinnt darauf wartend, in den Mund genommen zu werden, fest entschlossen, einen bitteren Geschmack zu erzeugen, ihre Zähne zu schwärzen, als hätte sie Lakritze gegessen, die sie vor ewig langer Zeit, in den verbotenen Jahren, heimlich für einen halben Cent gekauft hatte.

Mit leerem Blick starrte sie auf das Meer, das am Bullauge vorüberschäumte. Sie schien nicht mehr so viel Angst vor den heftigen Bewegungen des Schiffs zu haben. Ein Gefühl der Verlassenheit hatte sich ihrer bemächtigt.

12

Rum und Opium.

Karsch wollte sich räuspern und etwas Kluges äußern, doch die beiden Wörter verwirrten ihn. Während er den Blick über seine ordentlich aufgeräumte Kabine schweifen ließ, sah er sich auch in seinem Oberstübchen um, wo Opium und Rum nur Wörter waren und keine Erfahrungen, doch öffneten sie kleine Luken, aus denen ein dämmeriges, verlockendes Licht strömte, ein Licht, das alles weichzeichnete, glatt strich, ausradierte. Götz Wyrow herrschte über dieses Licht, gehüllt in einen Morgenrock aus persischer Seide, umgeben von einem Geruch edler Fäulnis. Nie fiel das Wort, nie sprach er darüber, doch das ganze Haus wusste, welche glänzenden Paradiese sich hier in der Dämmerung offenbart hatten, für Götz und für diejenigen, die ihm gefolgt waren, zu denen Karsch nie gehört hatte, weil er immer im letzten Augenblick zurückgeschreckt war. Und dennoch war er noch eingeladen worden, als Götz seine Gäste mit Mädchen freigehalten hatte, vielleicht, um voller Schadenfreude mit anzusehen, wie einer wie Karsch durch seine eigene Erregung in Verwirrung gebracht wurde.

Durch eine andere Luke schien das Licht Pommerns. Es war das prunkvolle Licht des Silvesterabends, alles, was an Lampen und Leuchtern vorhanden war, stand in der Empfangshalle, flackernd im Luftzug der eintretenden Gäste, es war das Licht, das auf nackte Arme schien und auf die große silberne Schüssel mit Rumpunsch. Im Kutschenhaus saßen die Kutscher beisammen und versuchten die Zeit mit Schnaps und Schmalzbroten totzuschlagen.

13

Karsch erhob sich, um Asta Maris zu beruhigen, doch wurde er von einer unerwarteten Bewegung des Schiffs auf seinen Stuhl zurückgeworfen. Als er aufgestanden war, hatte sie im selben Augenblick die Augen niedergeschlagen und zeichnete jetzt nachdenklich mit ihrem Zeigefinger Linien auf die Decke. Als er sich nun erneut erhob, lächelte sie, ohne ihn anzusehen, und begann, ihre Kleider aufzuknöpfen. Bevor er überhaupt beschließen konnte, sie davon abzuhalten, hatte sie bereits ihre Brust entblößt.

Nicht wissend, was er tun sollte, stolperte er wieder zurück.

Sie habe schon erwartet, dass er sie nicht schön finden würde, sagte sie, ihre Haut glänze nicht, und wahrscheinlich sei sie ihm zu alt. Immer noch ohne ihn anzusehen, lehnte sie sich zurück und fingerte an den Knöpfen ihres Rockes, ohne sie wirklich zu öffnen.

Karsch wusste nicht, wie er sich verhalten sollte. Sein Mund war trocken. Er fühlte sich hilflos, doch sein Körper reagierte gänzlich unabhängig. Er hatte schon seit einigen Tagen eine entzündete Stelle auf seinem Glied, die in Augenblicken der Erregung, wie auch jetzt, auf unangenehme Weise mit anschwoll. Vielleicht könnte er sie streicheln und etwas Tröstendes sagen. Indessen entfaltete sich sein Unterleib stetig weiter wie ein Luftrüssel und fing an, ungeduldig gegen seine Hose zu drücken. Karsch räusperte sich, wollte etwas sagen, wusste jedoch nicht, was, und schloss den Mund wieder. Hilflos irrten seine Augen umher und landeten wieder bei ihren schmutzigen Füßen.

Sie war seinem Blick gefolgt. Sie errötete und ergriff ihre Kleider, drückte sie an ihre Brust und kroch in die Ecke, die Füße unter sich verbergend.

»Ich hatte Angst.« Obwohl ihre Zunge vom Alkohol noch schwer war, waren dies die ersten Worte, die er richtig verstand, seit sie sie im Laderaum gefunden hatten.

Karsch nickte. »Du brauchst jetzt keine Angst mehr zu haben.« Es klang väterlich, doch seine Erregung ließ nicht nach.

»Oh doch. Sie sind noch überall, hinter der Wand. Und über mir«, sagte sie mit weit aufgerissenen Augen. »Hör nur, da ist wieder einer.«

Die *Posen* wurde durch eine hohe Welle emporgehoben und fiel mit einem Schlag zurück auf das Wasser.

»Das sind nur Wellen. Wir stecken mitten in einem Sturm.«

»Ja, das ist es, Wellen. Gleich stürmen sie die Treppe hinunter, brechen in das Zimmer ein, ziehen dich mit ...« Sie riss die Augen weit auf. »Das hier ist dein Meer. Nirgends ist man vor ihm sicher. Wie ist das nur möglich?«, jammerte sie. Sie deutete ängstlich auf das Meerwasser, das schäumend am Glas des Bullauges vorbeischoss und plötzlich dunkel und unergründlich wurde, wenn sich das Schiff noch weiter neigte. Das Wasser schien dann jegliche Schnelligkeit verloren zu haben und wirkte eher massig und unbewegt. Karsch spürte, wie sein Atem stockte. Dort, in dieser kleinen, beengten Kabine, begriff er, was das Meer in Wirklichkeit war: Es war keine Fläche mit Horizont und rauschenden Wogen, aus denen Tümmler fröhlich hervorsprangen – nein, das Meer war wie die Sonne, die an der Oberfläche zu kochen schien, als sei sie ein einziger großer Ozean, und die im Innern heiß und weiß war, so wie in den Tiefen des Meeres Kälte und Finsternis herrschte. Sonne und Meer waren tote Materie, die lebte.

»Es ist nicht mein Meer«, sagte Karsch, während er die Gardine vor das Bullauge schob. Der Wind habe sich bereits etwas gelegt, log er, morgen würde wieder alles normal sein.

Sie wusste nicht, ob sie ihm Glauben schenken sollte. Nach einer Weile nickte sie versonnen. »Das Meer gehörte immer zu dir, denn du wusstest immer alles darüber.«

»Ich habe nie etwas darüber gewusst.«

»Das sagst du jetzt«, sagte sie schmollend.

»Ja.«

Die Antwort überraschte sie.

»Du findest mich hässlich, nicht wahr?«, fragte sie, nachdem sie ihre Hände betrachtet hatte.

Die plötzliche Wendung verblüffte ihn, er wollte wissen, wie sie darauf komme, doch sie schob seinen Protest beiseite und sagte, sie habe sehr wohl bemerkt, wie er sie angesehen habe. Sie sei nicht mehr jung, zu alt für jemanden wie ihn, auch wenn sie noch kurz gedacht habe ... Doch das sei dumm gewesen, daraus konnte nichts werden, denn sie habe bereits gewusst, dass sie ihn doch irgendwann zurücklassen müsse und wieder irgendwo an Bord gehen würde.

»Wohnst du denn nirgends?«

Sie zuckte die Schultern. »Wohnst du irgendwo?«

Er sah eine Wohnung in Hamburg vor sich, die Fotografien, die er in den Spiegel gesteckt hatte, den nackten Perserteppich, den ihm jemand geschenkt und den er dann ausgelegt hatte, obwohl er ihn nicht schön fand, die Stühle, die um jeden beliebigen Tisch hätten stehen können, die Küche, die er nie benutzte, das kalte Schlafzimmer, das nach dem Hinterhof roch. Dort wohnte er.

Fröstelnd verschränkte sie die Arme. Was sollte er auch mit ihr anfangen, sagte sie mürrisch, sie habe ihre beste Zeit hinter sich. Die ruhelosen Jahre seien nun angebrochen, die Jahre des Wartens und Wartens. Leere Jahre, in denen man besser unterwegs sei. Das Festland sei schön, von fern betrachtet. Alles sei schön in der Ferne. Die Ferne sei schön. Alles, was in der Ferne liege, sei schön.

Sie zog die Decke vom Bett, schlug sie über sich, legte ihren Kopf auf das Kissen, murmelte etwas in das Kissen hinein, starrte vor sich hin. Kurze Zeit später schlief sie ein.

14

Während er sie betrachtete, hoffte Karsch, die *Posen* möge nie wieder einen Hafen anlaufen und für immer und ewig nach Valparaíso unterwegs sein. Was sollten sie anfangen, er und Asta Maris, wenn das Schiff in etwa einer Woche sein Ziel erreichte? Er hatte keine Ahnung, weshalb sie nach Valparaíso fuhr, er hatte nie gewagt, sie danach zu fragen, aus Furcht vor ihrer Antwort. »Auftritt« hätte sie im günstigsten Fall gelautet. Eigentlich wollte er überhaupt nicht wissen, was sie an Land trieb, was er davon wusste, gefiel ihm nicht: den örtlichen Chinesen und ein Spirituosengeschäft aufsuchen. Wahrscheinlich würde sich das Problem von selbst lösen, weil sie in Valparaíso spurlos verschwinden oder auf einem stinkenden Dampfschiff eines kleineren Liniendienstes weiter in den Norden reisen würde. Wenn er sie überreden würde, nach Deutschland mitzukommen, müsste er sie unweigerlich seiner Mutter vorstellen, die zuerst mitleidig lachen und dann nüchtern Agnes Saënz aufs Tapet bringen würde, womit die Sache erledigt wäre. Und wenn er nur sein Hamburger Leben mit ihr teilen würde, die dösenden Herren des Vereins, seine Studienfreunde, mit denen er beim Bier nur über Wasser sprach? Was würden sie von eigenartigen Tanzschritten auf schmutzigen Füßen halten, von Rum aus Wassergläsern, Opium, dem Kabinenkoffer, in dem ihr ganzes Hab und Gut steckte? Was würden ihre Gattinnen davon halten? Und was würde er, Franz von Karsch, dazu sagen?

Aufmerksam betrachtete er die schlafende Frau. Er wusste nicht einmal, wie alt sie war. Je mehr er darüber nachdachte, desto weniger vermochte er sich ein Leben vorzustellen, an dem sie teilhaben könnte. Nur hier, an Bord der *Posen*, konnten sie zusammen sein. Karsch hoffte inständig, das Schiff möge niemals irgendwo ankommen. Nur dann hatten sie eine Chance. Sie könnten eine Zwischentür einbauen lassen, damit sie sich mit ihrer Pfeife zurückziehen könnte. Sie würden lange Spaziergänge an Deck machen, der Åländer würde für sie kochen, Geschichten erzählen und den Schöpflöffel ablecken, der Zweite Offizier würde aus der Bibel vorlesen und Karsch aus Todtlebens Buch, das niemand verstünde, Moser würde die Rolle des lästigen Nachbarn übernehmen. Sie würden nicht mehr an Land gehen, sondern allmählich auf den Ozeanen verblassen, die *Posen* würde zum Geisterschiff werden, das sich nur noch höchst selten einem menschlichen Auge zeigen würde, und dann auch nur flüchtig, wie eine Erscheinung aus silbrigen Spinnweben am Horizont, die schon wieder verschwunden wäre, bevor man genauer hätte hinsehen können.

Sein Blick fiel auf einen Fuß, der unter der Decke hervorragte. Er wendete den Blick ab und fühlte sich leer.

Wenn das Wetter mitspielte, würden sie in zwei Wochen Valparaíso erreichen.

Karsch hatte Muskelschmerzen und fühlte sich fiebrig. Als er seinen Koffer nach Chinin durchsuchte, weckte er sie mit seinem Gepolter.

15

Sie sprach gehetzt.
»Jaja, ich war schon einmal verheiratet. Vor langer Zeit und nur ein halbes Jahr lang. Obwohl ich schon vierundzwanzig war, war ich doch noch ein Kind. Zum Glück habe ich ihn vergessen. Falls du jetzt denkst, dass das nicht stimmt, hast du recht. Es vergeht kein Tag, an dem ich nicht an ihn denke. Nicht, weil er mir fehlen würde, obwohl er wirklich schön war mit seinen dunklen Locken. Aber warum dann? Er war eifersüchtig auf mich, trotz all dem, was er selbst darstellte. Ich fand das amüsant. Er hasste es, dass die Leute sich nach mir umdrehten, um mich herumscharwenzelten. Ich flatterte durch das Leben, ohne Verantwortung zu übernehmen, fand er, ich schloss mit jedem Freundschaft. Er warf mir vor, zu wahrer Liebe nicht fähig zu sein, weil ich immerzu lachte. Lachen mache die Menschen zu Affen, sagte er. Ich werde dich nicht mit der restlichen Geschichte langweilen. Er war hart, aber er war schön. Nun gut, eines Tages schlug er mich, um die lachende Teufelin in mir zum Schweigen zu bringen, und kurz darauf noch einmal, weil ich ihn hinter seinem Rücken ausgelacht hatte. Nach einiger Zeit brauchte er keinen Anlass mehr, da ging es ihm nur noch um das Schlagen. Sein verzerrtes Gesicht machte seine Schönheit völlig zunichte. Seine Hände be-

gannen zu zittern. Aber eines Tages sah er die Dinge plötzlich klar und schickte mich fort. Weinend rief er mir noch nach, ich würde niemanden auf der ganzen Welt finden, der mich so lieben würde wie er.

Zu meinen Eltern konnte ich nicht zurück. Ich fuhr mit einem englischen Schiff nach Ceylon, doch dort konnte ich nicht bleiben. Jetzt bin ich hier. Wenn ich jemanden finden würde ...« – es klang wie: »*Wenn mich jemand finden würde ...*« –, »würde ich vielleicht zur Ruhe kommen und mich niederlassen. Wo? Einerlei, alles wäre willkommen.«

16

Nach kurzem Zögern sagte sie, er müsse keine Angst haben, dass er ihr ein Kind machen könnte, Kinder würde sie nicht mehr kriegen, das sei vorbei.

Er erwiderte nichts. Eine Fieberwelle ließ seine Haut feucht werden. Ihre Stimme klang wie aus der Ferne, wie früher im Halbschlaf die Stimme des Kindermädchens geklungen hatte, wenn sie kam, um ihn zu wecken. Aus den Wolken, die ihn damals umgeben hatten, waren Hände zu ihm hinabgesunken, um ihm den Schweiß von der Stirn zu wischen.

»Warum sitzt du da wie ein Ölgötze?«, fragte sie plötzlich gereizt. »Du beleidigst mich. Weißt du denn nicht, was du mit einer Frau machen musst?« Sie richtete sich auf, nahm die Arme von ihrer Brust und streckte ihren Busen herausfordernd vor. »Weißt du es nicht?«

Sie lächelte unsicher.

Nein, er wusste es nicht. Hatte es nie gewusst. Obwohl er es natürlich getan hatte, stets im Verborgenen hinter einem Wandschirm, weit entfernt von irgendwelchen Zeugen, hastig und mit einer Frau, die ihn noch rascher vergessen hatte als er sie. Auf diese Art war es erträglich gewesen.

In einem Monat könnte er in Deutschland sein und dort endlich das Stück mit Agnes Saënz aufführen, Asta Maris würde darin keine Rolle spielen, nicht einmal als Erinnerung. Doch als er aufstand und sein Geschlecht sich schmerzhaft bemerkbar machte, begriff er, dass man schon mit dem Stück begonnen hatte und Asta Maris noch auf der Bühne stand. Er nahm eine Decke und breitete sie über ihr aus. Danach verließ er seine Kabine.

Als er eine Stunde später zurückkehrte, um ihr mitzuteilen, dass der Sturm nun wirklich begonnen hatte, sich zu legen, war die Kabine leer. Das Bett war ordentlich gemacht.

17

Moser schüttelte den Kopf. »Opium.«
Karsch sagte nichts.
»Rum.«
Über ihnen auf dem Achterdeck lehnte Asta Maris an der Reling und betrachtete die Sonne, die am Horizont in schäbigem Rot und trübseligem Orange das Sturmwetter ausläutete. Der Wind hatte sich zwar gelegt, doch jetzt, da er nach Südwesten gedreht hatte, war er viel kälter. An diesem Nachmittag war bereits etwas Schnee gefallen.

»Wer hätte das gedacht«, seufzte Moser ironisch. »Und wir haben die ganze Zeit geglaubt, sie sei eine Dame.«

»Auch Damen rauchen Opium und trinken Rum, Moser.«

18

Er hatte Asta Maris an jenem Tag nicht angesprochen, weil er sich sicher war, dass sie ihm immer mit Absicht den Rücken zugekehrt hatte. Wenn es das war, was sie wollte … Sie würde für ihn rasch wieder zu einer Fremden werden. Es tat ihm wohl leid, aber nicht so sehr, dass er es ernst genommen hätte. Es war das Nachglühen eines gelöschten Feuers, mehr nicht.

Nein, die künstlichen Paradiese, die sie in all jenen Tagen, an denen sie nicht an Deck erschienen war, aufgesucht hatte, zusammengekauert wie ein Kind, waren nicht der Grund, aus dem er ihre Gesellschaft nicht länger suchte, auch wenn sie ihn wehmütig machten, diese Paradiese. Dass sie trank, regte ihn auch nicht sonderlich auf. Es waren ihre dreckigen Füße gewesen. Überall auf der Welt war er ihnen begegnet, und immer bei Hungerleidern, Habenichtsen, Bettlern. Menschen aus einer schmutzigen Welt, die ihn stets mit Argwohn gemustert hatten, als wollten sie feststellen, ob er auch wirklich zur selben Tierart gehörte wie sie, und zugleich sah er in ihren Augen den ganzen Hass und das Berechnende aufblitzen, vor dem er den Blick senkte, um dann ihre schmutzigen nackten Füße mit schwarzen Rändern zu erblicken, an denen angetrockneter Dreck klebte. Beiden Parteien war unbehaglich zumute in der

Anwesenheit des anderen. Eine Grenze verlief zwischen ihnen, die von beiden respektiert wurde. Schweigend. Es gab nichts zu verhandeln. Wer schmutzige Füße hatte, der hatte sich zu fügen, ob durch Not gezwungen oder freiwillig, das machte keinen Unterschied.

Grimmig spuckte er ins Meer.

Und was war mit ihm? Was sollte aus ihm werden? Bei der Hydrografie bleiben, sich fortpflanzen mit jemandem, der ihm ansonsten nichts bedeutete, sie ein Mal im Jahr mit den Kindern und – sei's drum – ihrem Liebhaber zurücklassen, um auf Studienreise nach Rio de Janeiro zu gehen? Zum Haus mit dem Lilienbeet? Gab es nicht überall Häuser mit Lilienbeeten? Dann würde er auch zu dem Chinesen gehen, auf dass er endlich seine Trauminsel betreten und dort Asta Maris antreffen könnte, mit sauberen Füßen, weich und rosig, aufgedunsen von duftendem Badesalz. Dann würde er ihre Kleider aufknöpfen, so wie er es sie hatte tun sehen, vorsichtig, mit den Fingerspitzen, als sei sie mit einer kniffligen Stickarbeit beschäftigt, und danach für immer in ihr verschwinden, in ihrem Lächeln, in ihren Tanzschritten, im Delfter Blau ihrer Augen ein kleiner Fischer werden, ein herumtollendes Kind, gehorchen, wenn sie ihm zuriefe, dass er tiefer und noch tiefer in sie eindringen könne, bis sie mit einem schallenden Lachen zu ihrem Höhepunkt käme, womit sie lediglich ankündigen würde, dass alles wieder von Neuem beginnen möge. Und so würde es auch geschehen.

Er blickte hinaus aufs Meer. Es war träge von der Kälte und abwesend wie eine abgewiesene Frau, die auf Rache sann.

19

Die *Posen* fuhr wieder mit voller Besegelung. In der Ferne hing noch eine Luft wie von ausgelaufener Wasserfarbe, doch die halkyonische Stille des Südens kündigte sich bereits an, als die gelbgrauen und hellrosa Wolken westwärts trieben und am Horizont der weiße Lichtkranz der Polarkälte aufleuchtete.

Je weiter sie nach Süden vorankamen, desto langsamer wurde das Leben, desto bedächtiger ihre Bewegungen, desto gedämpfter ihre Stimmen. Sie stießen Wölkchen aus, wenn sie sprachen, abends brachte der Schiffsjunge auf Wunsch eine gusseiserne Schüssel mit glühenden Kohlen.

Jeden Tag ging Karsch an Deck, um mit fiebrigem Blick gen Süden zu schauen. Wenn die Welt aufs Neue geboren würde, sähe es so aus wie hier. Wenn sie untergehen würde, auch. Kein Feuer, um Himmels willen kein Feuer, keine Wärme, keine Sonne wie ein härener Sack. Nein, eisige Kälte, in der alles steril erstarren, aufbrechen und auseinanderfallen würde, wonach ein aufkommender Wind es zu Staubschnee zerreiben und in alle Himmelsrichtungen verteilen würde.

Doch zuerst müssten sie noch Mosers neues Zeitalter hinter sich bringen. Karsch wusste mittlerweile, was man von ihm erwartete. Er werde sich an seine Kleinheit gewöhnen müssen, werde lernen müssen, einer von vielen zu sein, Größe würde in Zukunft mit anderen Maßen gemessen werden. Was kümmerte ihn das, er kannte sein Maß, für Größe hatte er noch nie Talent besessen. Wenn man Todtleben Glauben schenkte, würde all das genauso schnell auch wieder vorübergehen.

Während eines ihrer endlosen Deckspaziergänge hatte er ihm mit Gönnermiene einen Vortrag gehalten über Moser und seinesgleichen.

»Er begreift nicht, dass auch seine Zeit einmal zu einem Ende gelangen wird«, hatte er gesagt, »und dass auch seine Welt der Tatsachen ihrer selbst überdrüssig werden wird, und dass dann neue Mosers auftauchen werden, die ihm erklären werden, dass bald eine neue Welt heraufziehen werde, mit wieder neuen, noch glänzenderen Tatsachen. Alles Neue hat erst wirklich Bedeutung, wenn es im Nachhinein auch als das Alte dienen kann. Oder, noch besser, als das Ewige.« Todtleben hatte darauf laut und höhnisch aufgelacht, etwas, was er höchst selten tat. Karsch hatte in sein Lachen eingestimmt, auch wenn ihm nicht ganz klar gewesen war, was daran eigentlich so komisch gewesen sein sollte. Todtlebens Lachen hatte er eigentlich als unangenehm empfunden. Ressentiment hatte darin mitgeschwungen, das sich zu Schadenfreude gesteigert hatte. Todtleben hatte nicht die Absicht gehabt, bei Mosers Großem Optimistischem Welttheater der Tatsachen und des Fortschritts mitzuspielen.

Zu seinem Ärger hatte sich Karsch angesichts von Todtlebens Lachen klein gefühlt. Wie nackt stand er da, mit seinem glucksenden Meer und seinen Blechinstrumenten, mit seiner dummen Gleichgültigkeit gegenüber der Welt. Anstand, den besaß er natürlich. Rechtschaffen war er, redlich, höflich – »Damen gebührt der Vortritt« – und hin und wieder gemäßigt fortschrittlich, auch wenn es selten Gelegenheit gab, das zu zeigen. Für ihn wurden die Karten auf der Welt nicht neu gemischt.

20

Karsch hatte einen faden Geschmack im Mund, die Erinnerung an Todtlebens Lachen summte ihm noch in den Ohren. Er bat Kapitän Paulsen um die Erlaubnis, mit den Matrosen auf den Fockmast klettern zu dürfen, um nach Eisbergen Ausschau zu halten.

Als er seinen Blick über das Eismeer schweifen ließ, nahm etwas in Karschs Kopf Gestalt an, etwas Schwarzes, glänzend wie der Stein seines Siegelrings. In diesem Schwarz formulierte sich ein großes und unwiderlegbares *Nein*, das größer und größer wurde, bis es zu glühen anfing. Anfangs noch klein wie eine Sonne, die zu einem Stecknadelkopf zusammengeschrumpft war, deren Strahlen man nur in exzentrischen Spektren wahrnehmen konnte – oder wenn sie etwa auf einem fluoreszierenden Untergrund aufleuchteten –, doch die nun Karschs Körper und Geist glitzernd durchströmten. Es war ein verführerisches Gift. Ohne dass es ihn auch nur ein einziges Mal mit Angst oder Abscheu erfüllte, zeigte es danach in einer sich stets wiederholenden Vision, wie seine Seele blitzartig zerfiel. Doch jedes Mal stand er aus dem Tod wieder auf.

Die Vision schlich sich in sein Leben ein und färbte alles, was sie dort vorfand, mit einer Glut neuer Farben; die Welt, die er gekannt hatte, schmolz dahin, so wie sich bisweilen vor den Augen der Zuschauer ein Zelluloidfilm auf der Leinwand mit einem Mal krümmt und danach unter der Hitze der Projektorlampe verschmort. Bei Karsch verbrannte auch der weiße Bildschirm und enthüllte dahinter die Welt in ihrer nackten Gestalt als dunklen Irrgarten mit nur einem Ausgang, in dem sich die Millionen tastend fortbewegten. Darüber, in einem Himmel von kältestem Blau, konnten die Wagemutigen Wege finden, ihm zu entkommen, und er wusste, dass er jetzt einer von ihnen war, weil sein Tod ihn von nun an gleichgültig ließ.

Berauscht von all diesen neuen Bildern, kletterte er aus dem Mastkorb, lief wie in Trance die Treppe vom Backdeck hinunter und begab sich geradewegs zur Kabine von Asta Maris. Ohne anzuklopfen, trat er ein.

Sie lag auf ihrem Bett, die Beine angezogen, die Opiumpfeife, das Zepter, das über ihre Träume herrschte, neben sich auf dem Kissen.

21

Der Wind hatte sich in die richtige Richtung gedreht und frischte wieder auf. Bereits seit einigen Tagen segelten sie in fliegender Fahrt nordwärts. Wenn sie weiterhin so viele Meilen am Tag zurücklegten, würden sie bald in Valparaíso ankommen.

Als einige Tage zuvor Land an Steuerbord gemeldet wurde, hatte Moser bereits händereibend an der Reling gestanden und Karsch auf die verschneiten Gipfel hingewiesen, die sich in der Ferne knapp über dem Horizont als ein zackiger Rand abzeichneten.

Ein wenig mürrisch hatte Karsch die Achseln gezuckt. Er fühlte sich noch immer fiebrig. Die grandiose Finsternis, die sich unlängst in ihm ausgebreitet hatte, war diffuser geworden. Vielleicht kam es auch vom Fieber, dass sich Karsch weniger sicher war, was sie zu bedeuten hatte. Sein *Nein*, das so gierig und glorreich den Tod umarmt hatte, war noch von keinem Zögern angetastet worden, doch nun, da sie sich Valparaíso immer mehr näherten, wusste Karsch, dass er irgendwann unter den Menschen sein tägliches Leben werde wiederaufnehmen müssen. Die Langeweile würde wieder in sein Leben einsickern, dem Tod würde er wieder mit Angst entgegensehen, weil es in Hamburg am Institut keinen Fockmast gab und keine Eismeere, die einen zu verzaubern vermochten, wenn alles wie Sand zwischen den Fingern zerrann.

Am Abend lockte ihn Moser aus dem Salon. In der Ferne funkelten tausend Lichter an den Hängen. Die *Posen* war auf offener See vor Anker gegangen, morgen bei Sonnenaufgang sollten sie in den Hafen von Valparaíso geschleppt werden.

22

Schmutzig graue Luft und leichter Morgennebel, das Deck gehüllt in den Rauch zweier kleiner Schlepper, die ihre Nasen gegen das abgetakelte Schiff drückten und es, als wäre es ein umhertastender Blinder, mit sanftem Nachdruck zu dem ihm bestimmten Platz am Kai lotsten.

Asta Maris hatte es vorgezogen, ihren Träumen nachzuhängen, alle anderen standen an Deck und sahen zu, wie die *Posen* anlegte.

Das Fallreep wurde heruntergelassen, Männer in Uniform kamen an Bord, schauten in den Laderaum, sprachen mit Kapitän Paulsen und verließen das Schiff kurz darauf wieder. Dann erschien der Agent der Reederei und verschwand mit Paulsen in der Kapitänskajüte.

Moser verabschiedete sich bereits von den Matrosen, zündete sich noch eine Zigarre an und blickte mit glänzenden Augen auf die Stadt. Begeistert lief er an der Reling hin und her, deutete entzückt auf Lastwagen, freute sich wie ein Kind über Kräne. Einmal blieb er stehen, um seine Taschenuhr hervorzuziehen, und erweckte damit den Eindruck, als habe er sich bereits in das geschäftige Treiben der Stadt eingeschaltet. Er trat von einem Bein aufs andere, um endlich von Bord gehen zu dürfen, um die Stadt zu betreten und mit lauter Stimme zu verkünden, dass er, Amilcar Moser, geboren in Triest, doch kein Italiener, Bevollmächtigter eines renommierten Hamburger Salpeterhauses, Gatte einer ehebrecherischen Frau, doch Liebhaber aller Tatsachen, Raucher, Trinker, Händler und Herold des Fortschritts, in der glücklichen Stadt Valparaíso eingetroffen sei!

»Nun, wann legt Ihr nächstes Schiff ab?«, fragte er Karsch, der ihm ein paar Tage zuvor erzählt hatte, dass er nicht mit der *Posen* nach Europa zurückreisen würde.

Karsch erklärte ihm, er habe die Absicht, von Valparaíso den Zug nach Santiago zu nehmen und von dort nach Buenos Aires weiterzureisen. Wenn er Glück hatte und dort nicht allzu lang auf ein Linienschiff warten müsse, könnte er in etwas mehr als einem Monat zurück in Hamburg sein.

Verwundert nahm der Salpeterhändler die Nachricht auf. »Aber, aber, Sie haben wohl große Eile, wieder nach Hause zu kommen.«

»Ja.«

»Reizt Sie das Meer nicht mehr?«

Karsch gab keine Antwort, er fühlte sich wieder fiebrig.

Ungerührt sah er zu, wie Asta Maris in eine schwarze Mietdroschke stieg. Zwei Matrosen hatten ihren großen Koffer, auf dem das M auch aus diesem Abstand noch gut zu lesen war, zusammen mit dem Kutscher auf dem Gepäckträger festgeschnürt.

Weder Moser noch Karsch war der Umstand, dass sie sich nicht von ihnen verabschiedet hatte, eine Bemerkung wert. Stattdessen sagte Karsch: »Nein, das Meer reizt mich nicht mehr.«

Sie blickten der Kutsche hinterher.

»Und was wollen Sie stattdessen tun?«

»Ich?« Karsch zuckte die Achseln. Der Schweiß lief ihm über den Rücken.

23

Karsch ließ sich in Santiago de Chile zum Deutschen Gymnasium fahren, betrachtete das unansehnliche Gebäude und wollte sich beim Rektor anmelden lassen, doch der Portier sagte, es sei niemand im Hause, worauf Karsch ihn fragte, ob ein gewisser Dr. Todtleben aus Halle hier bekannt sei. Der Portier, der nur dürftig Deutsch sprach, hatte genug verstanden, um entschieden den Kopf zu schütteln.

»Tot-Leben? Haha, Sie scherzen. Nein, der ist hier nicht bekannt.«

Wenn er nicht gezwungenermaßen nach Deutschland zurückgekehrt war, musste sich Todtleben also noch irgendwo auf dem Kontinent aufhalten. In Karschs Vorstellung hatte er sich zuletzt in Manaus aufgehalten, nein, noch weiter westlich, immer weiter nach Westen vordringend, auf der Suche nach seinem Würgengel, um ihm ins Gesicht zu lachen und in seinem Beisein seinen Dämon zu umarmen. So sah er es jetzt in seinem Fiebertraum. Natürlich hatte er jenen Jungen ermutigt, aus dem Fenster zu springen – *Spring nur, mein Junge, mein Frosch, mein Floh. Breite die Arme aus und spring!* –, er hatte es um keinen Preis verpassen wollen, aber er hatte ihn mit keinem Finger angerührt. Damals nicht. Der Dämon – *Apollyon hatte sich seiner angenommen!* – würde lachen, wie ein Nilpferd scheißt, und ihn auf Rabenflügeln mitnehmen nach Santiago, wo Todtleben in seinen Diensten eine brillante Karriere machen würde. Wo immer Todtleben auftauchte, sprangen die Knaben herbei.

Er hatte lediglich seinen Bestimmungsort noch nicht erreicht.

Der Portier des Gymnasiums sah ihn besorgt an. Ob er dem *Señor* vielleicht helfen könne. Der *Señor* sähe so bleich aus. Auf der anderen Straßenseite wohne ein Doktor.

Der Arzt behauptete, er spreche Französisch. Er gab dem Portier des Gymnasiums ein Trinkgeld und führte Karsch durch einen Flur, öffnete eine Tür und ließ ihn in ein Zimmer eintreten, in dem große Abbildungen hingen, welche die menschliche Anatomie zeigten. Links und rechts waren Fenster im Körper geöffnet, gestrichelte Linien und Ziffern markierten Einzelheiten, auf die man den Betrachter aufmerksam machen wollte. Dicht vor seiner Nase hatte sich die Frau geöffnet, dienstfertig fiel ihre Haut zur Seite, um ein vielfältig verschlungenes Orchester aus Dudelsäcken, gewundenen Serpenten und Klapphörnern aus Messing zu enthüllen, das unterhalb des Heiligtums ihres Beckens – *tschingbum* – in der zarten Trompete ihres Anus mündete.

Der Arzt lud ihn ein, auf einem Stuhl Platz zu nehmen. Danach setzte er sich hinter einen ungeheuren Schreibtisch, der ihn beinahe Karschs Sicht entzog, beugte sich vor und musterte den Patienten durch eine Lesebrille.

Dann fragte er: »Fieber?«
»Ich glaube, ja.«
»Nicht sicher?«
»Nein.«
»Ah. Influenza?«
»Vielleicht.«
»Ah, gut. Bauchweh?«
»Nein.«
»Schön. Cholera?«
»Nein.«
»Dann Typhus?«
»Nein.«
»Dann Influenza. Alles ist Influenza. Ist modern. Zahnfleisch tut weh?«
»Nein.«
»Dann Influenza. Das ist das Beste.«

Mit einer Unbekümmertheit, die ihn selbst überraschte, erklärte Karsch, dass er vor einiger Zeit einen fröhlichen Abend gehabt habe und sich deshalb jetzt Sorgen mache.

Hinter der Festung seines Schreibtischs blickte ihn der Arzt verständnislos an. Er beschloss, seine Brille zu putzen.

Karsch erhob sich und deutete auf seine Schamgegend, wonach er zur Verwunderung des Chilenen seine Hose aufknöpfte und sie zusammen mit seiner Unterhose auf die Füße fallen ließ.

Der Arzt starrte argwöhnisch auf den halb entblößten Deutschen. Schließlich kam er hinter seinem Schreibtisch hervor, wusch sich die Hände und lief um Karsch herum. Mit einer Geste bedeutete er dem Patienten, sich zu setzen.

In diesem Augenblick trat die Sonne hinter einer Wolke hervor, die sie verdeckt hatte. Ein grellweißes Licht ergoss sich in das Sprechzimmer. Während der Arzt Karschs Geschlechtsteil mit einer kleinen Zange anhob und sorgfältig – *Tss, tss!* – inspizierte, bahnte sich das Licht wie ein feuriges Plasma einen Weg in das Innere Karschs, verursachte ein paar heftige Kopfschmerzstiche und blieb dann irgendwo in der Finsternis stecken, wo es noch eine Weile rot und schwefelig nachglühte, bevor es erlosch. Kurz kroch Angst in ihm empor, danach herrschte wieder die Ungerührtheit des *Neins*, die ihm Kraft gab.

»Nichts Influenza«, brummte der Arzt, während er seine Hände sorgfältig mit desinfizierender Seife abschrubbte. Über die Schulter warf er einen düsteren Blick auf das Geschlechtsteil seines Patienten und schrubbte noch etwas stärker. Danach verschanzte er sich hinter seinem Schreibtisch, legte seine Hände auf die Schreibunterlage und beugte sich wieder vor.

»Influenza wäre besser gewesen. Modern. Schnell wieder besser.«

Während Karsch seine Hose hochzog, holte der Arzt eine Kiste mit Pulvern hervor, entnahm ihr einige davon und sagte, der Patient müsse morgen zur Untersuchung ins Krankenhaus.

Danach schrieb er die Rechnung.

Am nächsten Tag saß Karsch im Zug nach Buenos Aires. Er hatte eines der Pulver eingenommen und fühlte sich schon wieder etwas besser.

24

Einige Tage nach seiner Rückkehr nach Deutschland teilte Franz von Karsch einem Rekrutierungsoffizier der Armee schriftlich mit, dass er im Heer Dienst leisten wolle. Bei einem späteren Gespräch stellte sich heraus, dass sich in der Akte, die einst über ihn angelegt worden war, lediglich ein Schreiben befand, in dem festgehalten war, dass Jochen Boldt als Einsteher den Platz von Franz von Karsch-Kurwitz beim hundertzwanzigsten Infanterieregiment eingenommen und dort seinen Dienst abgeleistet habe.

Natürlich wolle man jemandem von Rang und Stand, wie Karsch einer sei, keine Steine in den Weg legen, aber sei er dafür nicht schon in einem etwas zu fortgeschrittenen Alter? Und wäre eine Dienstableistung in der Marine nicht naheliegender angesichts seiner früheren Laufbahn? Er würde sich dort mit seinem maritimen Hintergrund sicherlich verdienstlich machen und werde viel rascher einen komfortablen Rang erreichen können.

Karsch beharrte, er ziehe das Heer vor.

Man werde sehen, was sich tun ließe.

25

Er erzählte niemandem von seiner Rückkehr nach Deutschland, doch als er einem guten Bekannten seiner Eltern auf der Straße begegnete, begriff er, dass er sich nicht noch länger verstecken konnte. Er schickte ein Telegramm an seine Familie in Pommern, dass er wieder im Lande sei und sie in Kürze besuchen werde. Doch dann zögerte er die Reise immer wieder hinaus. Er machte lange Spaziergänge durch Hamburg und dachte dabei an kaum etwas. Nachts lag er wach und dachte an nichts. Im Institut ließ er sich nicht blicken.

Es dauerte noch einen Monat, bevor er sich überwinden konnte, den Zug nach Pommern zu nehmen.

Seine Mutter griff ihn bei den Schultern, drückte ihre weich gewordene Wange an die seine und hauchte etwas Flüchtiges in sein Ohr. Als er von ihrem Parfüm niesen musste, stieß sie ihn erschrocken von sich weg, blickte ihm ins Gesicht und schüttelte ihn sanft.

»So kenne ich dich gar nicht, mit diesem schmalen Gesicht und dieser finsteren Miene«, sagte sie in strafendem Ton. Und fügte schmollend hinzu: »Mein Franz war immer verrückt nach seiner Mutter. Er lächelte sie immer an, auch wenn er sie eine Zeit lang nicht gesehen hatte.«

Mit dem Rücken ihrer Finger strich sie kurz über seine Wange und zupfte dann kokett ihren Schal über ihrem Busen zurecht.

Früher hatte er sich nie zu helfen gewusst, wenn sie sich benahm, als ob sie ihn verführen wollte. Etwas, wogegen er sich nicht wehren konnte, zwang ihn dazu, sie als Frau wahrzunehmen und, sei es auch nur für einen Augenblick, seine Chancen zu überprüfen. Ein dumpfes Gefühl der Wut kam dabei auf, weil er wusste, dass ihr verführerischer Reiz verboten war, doch er war sich nicht immer sicher gewesen, ob er ihm jederzeit hätte widerstehen können. Wie immer hatte seine Verwirrung sie amüsiert.

Jetzt jedoch verspürte er Abscheu.

»Du siehst schlecht aus nach so einer langen Seereise, bist du vielleicht krank?«, erkundigte sie sich, ohne sich sonderlich für seine Antwort zu interessieren, denn sie hatte sich schon wieder von ihm abgewandt und sammelte die Karten ein, mit denen sie Patiencen gelegt hatte. »Nun ja, es steht dir nicht schlecht. Es scheint in Berlin Mode zu sein.«

Franz bedankte sich für das Kompliment und sagte, dass er müde sei. Er erkundigte sich nach ihrer Gesundheit und ihrem Wohlbefinden. Sie winkte ab, ergriff seinen Arm und gurrte, dass er so groß geworden sei. Danach betrachtete sie ihn noch einmal genauer, diesmal mit scharfem Blick, in dem eine Schläue lag, die ihr von jeher den Respekt der Pächter abgenötigt hatte. »Hast du deiner Mutter nichts zu sagen? Wir wissen ja nicht einmal, wo du gesteckt hast.«

»Auf See.«

»Als Kind hast du das Meer gehasst. Als du krank warst, solltest du wegen deiner Gesundheit ans Meer fahren, aber du wolltest nicht. Weißt du noch? Du hast uns ganz schön zu schaffen gemacht. Du warst noch ein Kind. So ein lieber Junge ...«

»*Arrête, maman. Ce n'est pas le moment.*«

Sie seufzte ein wenig wehmütig, gab sich dann einen Ruck und kontrollierte beiläufig ihre Frisur im Spiegel über dem offenen Kamin. Ihr Sohn hatte immer Französisch mit ihr gesprochen, wenn er sie auf Abstand halten wollte.

»Eine Erinnerung aus alten Zeiten«, nörgelte sie, »das ist doch nichts Schlimmes?«

»Doch.«

»Möchtest du dich denn gar nicht setzen?«, fragte sie mit einem süßen Lächeln, während sie sich in einen Lehnsessel fallen ließ.

Die Vergangenheit konnte sehr wohl etwas Schlimmes sein. Das Schlimme war jene Vergangenheit, als er als Krüppel durch die Welt humpelte und höflich vor jedermann zur Seite wich. Seine Suche war vorbei. Das *Nein* war formuliert, und es erhärtete sich erneut beim Anblick seiner Mutter, die ihn aus ihrem gepolsterten Nest aus Kissen und Draperien heraus ironisch musterte.

»Wenn du dich nicht setzen willst, dann bleibst du eben stehen.«

Seine Stimme löste sich von dem zähen Schleim in seiner Kehle und verkündete steif, dass er nicht lange bleiben werde. Morgen werde er Agnes Saënz aufsuchen.

Sie lächelte wohlwollend. »Ach Gottchen, die wird sich aber freuen, dich zu sehen.«

26

Als er allein in seinem Zimmer war, fühlte er sich ausgelaugt. Er schlief rasch ein, wurde jedoch schon vier Stunden später wieder wach. In dem Moment, in dem er die Augen aufschlug, glaubte er mit einem Mal zu wissen, dass sein neu gewonnenes, sein tiefschwarz glänzendes *Nein* in Wahrheit ein

Ja war. Am Ende holte ihn diese Erkenntnis doch noch ein, wie in einem donnernden Opernfinale mit Pauken und Trompeten, kochenden Lavaströmen, wütenden Orkanen, Blitz und Donner, das schließlich in einen himmlischen *Chorus mysticus* mündete. Damit war die Vergangenheit abgeschlossen, die Sekunden, die jetzt tickten, gehörten bereits der Zukunft an.

27

Als er das Wohnzimmer betrat, hielt ihm Agnes Saënz zur Begrüßung die Hand hin. Nachdem er diese etwas verlegen ergriffen hatte, zog sie sie hastig wieder zurück.

Als er nichts sagte, fragte sie, ob es ihm gut gehe. Ob er eine schöne Reise gehabt habe.

Er nickte.

Ihr Bruder, der auch zugegen war, machte keinerlei Anstalten, sie allein zu lassen.

Sie stellte fest, dass er gesund aussehe, die Seeluft habe ihm sichtlich gutgetan. Es folgten weitere höfliche Gemeinplätze, die er nicht erwartet hatte. Gut, in die Arme stürzen hätte sie ihm nicht gerade müssen, doch sie hätte sich auf ihre verlegene Art doch über seinen Besuch freuen können. Zu seinem Erstaunen war er ein wenig pikiert über den kühlen Empfang.

Der Bruder räusperte sich lauthals. »Soso, dann sind Sie also wieder im Lande, Karsch? Wie lange sind Sie doch gleich fort gewesen? Mal überlegen. Drei? Vier Monate? Ein halbes Jahr? Eine lange Zeit. Und jetzt sind Sie einfach wieder da.«

Fragend sah Karsch zu Agnes Saënz, die seinem Blick auswich.

»Es war meine letzte Reise«, sagte Karsch, »meine Forschungen sind abgeschlossen.« Er musste nicht einmal lügen, seine gesamten wissenschaftlichen Papiere hatte er eine Woche zuvor im Ofen verbrannt. In der Tat, seine Forschungen waren abgeschlossen. Endgültig.

Der Bruder zeigte sich unbeeindruckt. Er erhob sich, steckte einen Daumen in den Armausschnitt seiner Weste und grinste über das ganze Gesicht. »Als wir über einen Bekannten erfahren mussten, dass Sie schon lange wieder zurückgekehrt sind, wollte Agnes Ihnen schreiben, doch bei näherer Betrachtung erschien es uns klüger, mit dem Abschicken zu warten, bis Sie sich wieder vollständig von Ihren Streifzügen erholt haben würden.«

Er holte einen Umschlag hinter der Kaminuhr hervor und überreichte ihn Karsch.

»Was steht darin?«, fragte dieser Agnes Saënz.

Sie errötete. Bevor ihr Bruder eingreifen konnte, entschlüpfte ihr, sie habe sich während seiner Abwesenheit verlobt.

Karsch brach in Gelächter aus. »Du hast dich verlobt? Mit wem? Wann?«

Ihr Bruder stellte sich neben sie und machte sich breit.

»Vor zwei Monaten«, sagte sie. »Du kennst ihn nicht.«

»Er ist ein bedeutender Geschäftsmann in Stettin«, ergänzte der Bruder. »Die Familie ist sehr angetan von Agnes' Wahl.«

Karsch lachte. »Da habe ich mir ganz umsonst Sorgen gemacht.« Fröhlich warf er den Brief in die Luft. Bevor der Bruder es verhindern konnte, fasste er Agnes Saënz bei den Schultern und küsste sie auf die Wange.

»Meinen Glückwunsch! Hoch sollst du leben!«

Verblüfft ließ sich Agnes Saënz zu einer Art Rundtanz mitführen, bis ihr Bruder sie aus Karschs Armen befreite und ihn wütend fragte, was das für Manieren seien.

»Wusste meine Mutter von deiner Verlobung?«, fragte er Agnes Saënz.

»Natürlich nicht«, rief der Bruder entrüstet, »wir behandeln diese Art von Angelegenheiten, wie es sich gehört. Im Gegensatz zu andern.«

Hinter seinem Rücken bestätigte Agnes Saënz mit einem Nicken, seine Mutter habe davon gewusst.

Natürlich.

IV

Und ein Narr wartet auf Antwort …

1

Der Verein

Am 12. Januar 1916 bewirkte das Erscheinen des Franz von Karsch-Kurwitz im großen Saal des Vereins für Handel und Schifffahrt in Hamburg einiges Aufsehen. Man hatte ihn einige Jahre nicht gesehen, überdies fiel er unter den anwesenden Meeresspezialisten als ehemaliger Mitarbeiter am Ozeanographischen Institut einigermaßen aus dem Rahmen, weil er die Uniform eines Leutnants der Infanterie trug, auch wenn es niemandem einfiel, ihn darauf anzusprechen. Man gab sich diskret. Er selbst verlor auch kein Wort darüber. Wer ihn noch aus der früheren Zeit kannte, war nicht nur von seiner ungesunden Gesichtsfarbe überrascht, sondern auch von seinem unerwartet ironischen Auftreten. Man kannte ihn als einen bedächtigen, etwas farblosen Gelehrten, der sich mit den praktischen Fragen der Hydrografie beschäftigt hatte. Nun war er entspannt und liebenswürdig, sprach in allgemeinen Wendungen über den Fortgang des Krieges, ohne ins Einzelne zu gehen. Und doch haftete ihm etwas Merkwürdiges an, es war, als nehme er nicht wirklich am Leben teil. Er hatte sich in seiner Uniform verschanzt. Akkurat befolgte er die täglichen Rituale des Offiziersdaseins, schien jedoch dabei auf irgendetwas zu warten. Worauf, wusste niemand.

Er war auf Heimaturlaub aus Belgien zurückgekehrt. Seine Familie verfügte noch immer über ihre Besitztümer in Pommern, doch nachdem seine Mutter unlängst nach Lugano gezogen war, hatte er dort nicht mehr viel zu tun und verbrachte daher seine freien Tage lieber in Hamburg. Er besuchte den Verein, weil er einige Leute von früher her kannte, doch mit ihnen unterhielt er sich nicht länger als mit anderen.

Für die Dauer des Krieges ließ er sich während seiner Urlaubszeiten weiterhin mit einiger Regelmäßigkeit im Verein blicken. Er nahm an den Festessen teil, an Bootsfahrten und der Weihnachtsfeier, bis er genauso unerwartet wieder verschwand, wie er aufgetaucht war. Man dachte bereits, er sei gefallen, bis ein Marinearzt, mit dem er öfter ein Glas getrunken hatte, mit der Nachricht kam, dass er in ein Militärkrankenhaus in Hamburg eingeliefert worden sei. Er habe ihn dort zufällig angetroffen und besuche ihn seither regelmäßig.

Hier folgt sein Bericht.

2
Die Erklärung des Arztes

Ungeachtet meiner Besuche habe ich Leutnant von Karsch nie wirklich näher kennengelernt, allen Fragen, die sich auf sein Privatleben bezogen, ist er stets ausgewichen oder hat sie einfach nicht beantwortet. Auch was das Übrige anbelangt, war er ein zurückhaltender Mensch, doch in seinem Innern brannte ein dunkles Feuer, um es einmal romantisch auszudrücken, das vermutlich niemand je hat ergründen können. Er war ein weit gereister Mann. Im Verein pflegte man gelegentlich im Scherz zu sagen, Karsch habe »sämtliche Wellen des Meeres gesehen«. Besonders gebildet war er nicht, in dem Sinne, dass er nicht gerne über Kunst und Musik sprach. Er hörte meistens höflich zu. Aus Gründen, über die er sich nicht auslassen wollte, war er in relativ fortgeschrittenem Alter beim Heer in Dienst getreten. Ich habe gehört, dass man ihm bei Kriegsausbruch gegen seinen Willen eine Aufgabe im Stab in sicherer Entfernung von der Front zugewiesen hatte, dass er aber in der Folge alles unternahm, um einer Gefechtseinheit zugeteilt zu werden, was bemerkenswert ist in einem Alter, in dem man für gewöhnlich jede nur denkbare Anstrengung unternimmt, um einen Einsatz an der Front zu vermeiden. Laut seinen medizinischen Akten ist er nie verheiratet gewesen. Welche Gründe dafür ausschlaggebend waren, könnte ich nur raten, doch als Arzt kann ich mitunter einem Menschen den gesundheitlichen Zustand vom Gesicht ablesen. Es erstaunte mich daher nicht, dass ich ihn im Krankenhaus mit einer vernachlässigten Syphilis antraf, die sich bereits auf seinem Gesicht abgezeichnet hatte und die er spöttisch als seine »Influenza« bezeichnete. Bei meinem Kollegen, der ihn behandelte, einem bigotten Patrioten mit nur einem Auge, der Zucht und Anstand zu den höchsten Tugenden zählte, konnte er mit seiner Krankheit keine Lorbeeren ernten. Er nannte Karsch stets höhnisch »diesen luischen Grafen«. Die Geschlechtskrankheit war übrigens nicht der Grund, weshalb er zur Beobachtung aufgenommen worden war, die Diagnose, die ich in seinem Krankenblatt fand, lautete »Überreiztheit«. In einem Begleitbrief des Heeresarztes hieß es, Leutnant von Karsch-Kurwitz sei eines Tages nicht auf seinem Posten erschienen. Er sei unauffindbar gewesen. Zwei Tage später sei er von Aufklärern bei Douaumont im Niemandsland zwischen den Linien gefunden worden. Er sei vollkommen verwirrt gewesen und habe nicht erklären wollen oder können, wie er dorthin geraten sei. Man habe unter ständigem Feuer gelegen, es habe daher einige Mühe gekostet, ihn zu unseren Stellungen zurückzubringen. Mit einem Verwundetentransport gelangte er dann nach Hamburg, wo er zur Beobachtung aufgenommen wurde. Der Mann, der mir bei meinen Besuchen gegenübersaß, machte auf mich einen verwirrten Eindruck. Viel später, als er bereits in die Klinik von Prof. Dr. Senf verlegt worden war, habe ich ihn gefragt, was er da eigentlich zwischen den Fronten gewollt habe. Ich erhielt eine merkwürdige Antwort. Karsch hatte sechzehn Jahr zuvor seine Dienstpflicht von einem Einsteher wahrnehmen lassen. Er habe nun geglaubt, diesen Einsteher in jenem gottverlassenen Gebiet zwischen den Linien zu finden, um dessen Platz einzunehmen und fortan im eigenen Namen zu kämpfen und zu fallen, denn er habe einst geträumt, dass einer von ihnen beiden an einem Morgen irgendwo im Niemandsland zwischen den Linien tödlich getroffen werden würde. Bei einem späteren Besuch gab er mir ein Schreiben an den Hausmeister seiner Wohnung in Hamburg mit, in dem er um bestimmte Fotografien bat. Ich brachte sie ihm. Er durchsuchte sie, bis er auf eine Fotografie stieß, die auf einem Segelschiff aufgenommen worden war. Darauf war eine hochgewachsene blonde Frau in einem Sommerkleid zu sehen. Er betrachtete das Bild eine Weile und überreichte es dann mir mit der Bitte, ich möge die Frau aufspüren. Auf meine Frage, wer sie sei, antwortete er, ihr Name sei Asta Maris, und sie sei diejenige, bei der er sich die Syphilis geholt habe. Ganz sicher schien er sich dessen nicht zu sein, denn am selben Nachmittag behauptete er, er habe ihr die Syphilis angehängt. Wo ich sie finden könnte, vermochte er nicht zu sagen. Er deutete zum Fenster und sagte in gleichgültigem Ton: »Irgendwo da draußen.« Als ich die Fotografie auf gut Glück im Verein herumzeigte, geschah etwas Bemerkenswertes. Ein älterer Kapitän, der sie eine Weile betrachtet hatte, wusste zu berichten, dass sich diese Frau vor Jahren in Newark bei ihm eingeschifft habe. Er wisse es noch genau, sie seien damals unter Ballast nach Havanna gefahren. Ein anderer behauptete, sie in Alexandrien an Bord genommen zu haben, wo er Baumwolle geladen habe. Ein Dritter kannte sie aus Recife und ein Vierter aus Fremantle. »Wer ist sie?«, fragte ich, doch niemand konnte oder wollte mir darauf antworten. »Sie führte eine große Kiste mit sich«, sagte einer von ihnen. »Mir wurde gesagt, dass sie als Falschspielerin ihr Brot verdiene«, wusste ein anderer zu berichten, doch derjenige, der neben ihm saß, bestritt das. Ein Kollege habe ihm erzählt, sie trete in Edelbordellen als Tänzerin auf, was wiederum andere für abwegig hielten. Als ich

Karsch von all diesen Geschichten berichtete, nickte er nur, als habe er das immer schon gewusst, und legte die Fotografie zurück auf den Stapel. Die Sache schien für ihn erledigt.

Mit der Zeit erwachte er aus seiner Verwirrung und konnte wieder über längere Zeit ein vernünftiges Gespräch führen. Wir sprachen über den Krieg, zu dem er nicht mehr zurückkehren sollte. Im Juni 1917 quittierte er den Dienst und reiste nach Pommern ab. Ich sah ihn zum letzten Mal in einem Restaurant, wohin er mich zum Abschied zum Mittagessen eingeladen hatte. Irgendwann im Laufe unseres Gesprächs äußerte er: »Wissen Sie, ich fliege im großen Schwarm mit, aber ich werde nie der vorderste Vogel sein. Aber vielleicht sehe ich es falsch, und es gibt gar keinen vordersten Vogel, der den Schwarm anführt, und der vorderste ist dort nur durch Zufall, weil die Form des Schwarms ihm diese Stelle vorübergehend aufgezwungen hat, und der Schwarm hat auch kein Ziel, ebenso wenig wie die Summe unserer Leben. Der Schwarm ist nur eine Handvoll Konfetti in der Luft, das einfach nicht absinken will, weil es von einer unbekannten Kraft immer weiter fortgetragen wird, doch den Vögeln kann das gleichgültig sein. Schauen Sie, dort oben fliegen sie, sie schimmern in der Sonne.«

Das ist alles, was in meinen Aufzeichnungen über Franz von Karsch enthalten ist.

3

Die Kanzlei des Notars

Nachdem sie ein halbes Jahr nachgeforscht hatte, war es der Kanzlei schließlich gelungen, Maria Anna Zick aufzuspüren und sie dazu zu bewegen, eine Zeugenaussage zu machen, die vielleicht ein wenig Klarheit in die chaotischen Erbschaftsfragen der Familie von Karsch-Kurwitz bringen könnte. Der Anwalt, dem die Angelegenheit zugewiesen worden war, wusste aus früheren Erfahrungen mit »Ostzone-Fragen«, dass die Sache hoffnungslos war, und hatte seinen jüngsten Mitarbeiter damit beauftragt. Weil keine Stenografin zur Verfügung stand, war dieser mit einem Diktafon in ein Dorf in der Nähe von Augsburg gefahren, um am 3. Januar 1955 die Aussage von Maria Anna Zick aufzuzeichnen.

4

Die Aussage der Haushälterin

(ANFANG UNVERSTÄNDLICH) »… aber nein, er war damals älter als ich, ich kam erst später in das große Haus, aber meine Mutter hat dort schon früher gearbeitet. Sie war Kammerzofe bei der Frau Gräfin, die wohnte damals noch dort. Über die wurde gesprochen, über die gnädige Frau, das weiß sogar ich noch, obwohl ich damals natürlich das Haus noch nicht betreten durfte. Als die Frau Gräfin dann nach Italien ging …
(UNVERSTÄNDLICH)
Ach, liegt das in der Schweiz? Na ja, ist ja auch gleich, wo es liegt. Wir durften nicht mitkommen, und Mama hatte keine Arbeit mehr. Es wohnte damals niemand mehr dort, der junge Herr Graf wohnte in Hamburg, und später war er im Krieg, und dann ist er, so scheint's, eine Zeit lang verloren gegangen. Ist im Krankenhaus gelegen. Wahrscheinlich im Krieg verwundet. In dieser ganzen Zeit gab es einen Verwalter, Strich hieß der, der in die eigene Tasche wirtschaftete, und der …
(UNVERSTÄNDLICH)
… und erst als der Krieg im Westen vorbei war, kam der Herr Graf zurück, der junge, meine ich, der alte war schon seit Jahren tot. Aber bei uns war der Krieg 1918 noch nicht zu Ende, da gab es diese Rotznasen

aus Berlin, die bei uns auf der Durchreise waren, um auf die Polen und auf die Roten zu schießen. Der Herr Graf hatte nicht viel unter ihnen zu leiden, sie durften ab und zu im Haus schlafen. Zuerst war alles nur Angeberei: nackig durch den Schnee marschieren. Wir Mädel natürlich solche Augen gemacht. Dann war es auch wieder wochenlang ruhig. Da war nichts von ihnen zu sehen. Als sie dann zurückkamen, hatten sie einiges dazugelernt. Schänden und saufen.

(BANDWECHSEL)

Nein, zum Glück hab ich schon für den Herrn Grafen gekocht und die Wäsche gemacht. Ansonsten wurde ich nicht recht schlau aus ihm. Er war öfters krank, dann fuhr er in ein Sanatorium bei Stettin und kam ein paar Monate später wieder zurück, wenn er sich besser fühlte. Nein, viel hat er nicht getan. Er saß oft im Zimmer mit den Schmetterlingen. Eines Tages ist er nach Berlin gefahren. Und als er zurückkam, hat er in einem der Zimmer die Fenster verhängen lassen, und dort legte er sich dann hin mit seiner Pfeife. Er fiel niemandem zur Last. Aber das interessiert Sie doch alles gar nicht, oder? Was mit dem Haus passiert ist? Als die Braunen kamen und dann der Krieg, da hat er das Haus verkauft mit allem Drumherum. Nein, nicht an jemand aus der Gegend. An irgendeinen Parteibonzen. Ich hab nie erfahren, wie der hieß, weil wir, ich meine, der Herr Graf und ich, hierhergezogen sind. Die Familie hatte hier ein Haus. Das war im Dezember 42, ja, dass sie das Haus in Pommern verkauft haben. Grund und

Boden waren auch dabei. Woher ich das weiß? Nun, ich stand im Zimmer mit dem Sekt und den Gläsern, als der Herr Graf die ganzen Papiere für die Übergabe unterschrieben hat. Der Käufer hatte jemand mit einer Vollmacht geschickt. Nein, das hab ich doch gesagt, ich weiß nicht, wer es gekauft hat. Irgendein Höherer von der Partei. Ich hab ihn nie gesehen, wir waren schon weg, als er das Haus übernommen hat. Ja, ich musste mit. So war das bei uns, wenn die Herrschaften etwas zu einem gesagt haben, dann hat man das eben getan. Das Leben war schon hart damals, aber nicht schwierig. Na ja, ich hatte ja niemand mehr, meine Mutter war schon tot, meinen Vater hab ich nie gekannt. Ja, und meine Mutter auch nur eine Woche.

(PAUSE)

(UNVERSTÄNDLICH) … aber ja, der Herr Graf hat den ganzen Hausrat zurückgelassen. Das war vielleicht beim Kauf mit inbegriffen. Er hat nur ein paar Gemälde und die Schmetterlinge mitgenommen. All die Kisten mit dem Glas haben wir eingepackt. Sie sind noch da, sie haben den Krieg überlebt. Es geht doch um das Erbe, deshalb soll ich doch aussagen, nicht wahr? Dann müssen Sie das aufschreiben, dass die Schmetterlinge noch da sind. Aufgespießt. Jeder hat ein Kärtchen, auf dem sein Name steht. Ob der Herr Graf auf großem Fuße lebte? Nein, wir waren nicht arm, aber auch nicht reich. ›Hauptsache, wir können den Chinesen bezahlen‹, sagte er immer, aber ich habe nie verstanden, was er damit meinte. Er war schon ein bisschen seltsam,

manchmal. Wissen Sie, dieser Parteibonze hat meiner
Meinung nach das Haus in Pommern nie abbezahlt, aber
dem Herrn Grafen war das egal. Er gab nichts auf Geld.
Er ist niemandem zur Last gefallen, zeit seines Lebens,
und als er gestorben ist, auch nicht. An dem Tag, als die
Amerikaner kamen, war er erleichtert, er hat nie sehr
viel übriggehabt für die Braunen. Salpeterhändler. So
nannte er die Braunen. Sie wissen nicht, was das ist,
nicht wahr? Salpeter. ›Man kann ihn nicht essen‹, sagte
er, ›man kann nicht darauf sitzen und er besteht aus
Scheiße.‹

(PAUSE)

… doch, doch, die Amerikaner haben ihn aus Versehen
totgeschossen. Ich weiß es noch ganz genau. Es war kalt
und neblig. Man hat allen im Dorf gesagt, sie sollten
in ihren Häusern bleiben, aber er wollte und musste
unbedingt hinaus auf die Straße. Da lag er dann, auf
dem Gehweg vor seiner Tür. Niedergeschossen von
einem Burschen von vielleicht achtzehn Jahren, noch
nicht trocken hinter den Ohren, aber schon *so* ein
Gewehr. Einfach die Nerven verloren. Der Herr Graf
hat noch gelebt. Als sie ihn hineintrugen, sagte er: ›Der
Einsteher kann jetzt nach Hause gehen.‹ Er musste
darüber lachen, und das, wo er schon im Sterben lag.
Niemand hat verstanden, was er damit gemeint hat.

(PAUSE)

Es geht doch um das Erbe, nicht wahr? Was wird mit den Schmetterlingen geschehen? Sie sind ein echtes Erbstück aus der Familie, er hat sie stets in Ehren gehalten. Muss ich noch irgendwo unterschreiben?«

Amsterdam 1992–2002

Anmerkungen

Die Abschnitte zwei bis sieben von Teil I wurden
in leicht veränderter Form als »De hydrograaf« in der
Zeitschrift Optima (16. Jahrgang, Nr. 2, September
1998) veröffentlicht.

Die Verszeilen auf den Seiten (31) und (111) stammen
aus dem Gedicht »Tabakladen« von Fernando Pessoa
(Übersetzung von Andreas Gressmann)

Das Zitat auf Seite (189) stammt aus Heinrich Heine,
Buch der Lieder, Die Nordsee, Zweiter Teil, VII, Vers 18.

Der Hydrograf ist u. a. dank eines Stipendiums des
Fonds voor de letteren zustande gekommen.

»Ein eindringlich und federleicht erzählter Roman.«

Christine Westermann, WDR

Es ist ein heißer Julitag im Jahr 1945 – »knapp drei Tage nach der Befreiung Italiens und zwölf Monate vor der Erfindung des Bikinis« –, als Ezio an einem Strand in Apulien seiner großen Liebe begegnet. Doch Giovanna liebt das Meer und ihre Freiheit, sie will nicht heiraten, und so zieht Ezio am Ende des Sommers vom Süden in den Norden Italiens, ohne Giovanna je zu vergessen. Sechzig Jahre später trifft ein Brief von ihr ein. Van der Kwast erzählt die Geschichte einer großen, unerfüllten Liebe, von kleinen Zufällen und großen Entscheidungen – und von der Erfindung des Bikinis.

Ernest van der Kwast
Fünf Viertelstunden bis zum Meer
Roman
Aus dem Niederländischen
von Andreas Ecke

96 Seiten,
gebunden mit Schutzumschlag
und Lesebändchen
€ 18,– [D]
ISBN 978-3-86648-205-0

»Ein kleines Meisterwerk, das einem lange nachgeht.«

Nerikes Allehanda

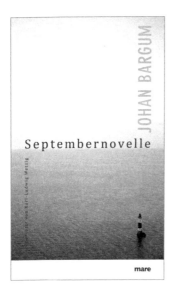

Zwei Männer, die beide mit derselben Frau verheiratet waren, begeben sich an einem warmen Spätsommertag auf eine gemeinsame Segeltour. Nur einer von ihnen kehrt zurück ...
Ein raffiniertes, mit leiser Eleganz skizziertes Buch über die großen Paradoxa des Lebens: die Macht des Schicksals, die Unausweichlichkeit des Todes, vor allem aber die Liebe, die über allem zu stehen scheint. In souveräner, klarer Sprache erzählt Johan Bargum von einem Dreiecksverhältnis und dem Gepäck der Vergangenheit, das sich nie abschütteln lässt.

Johan Bargum
Septembernovelle

Aus dem Schwedischen
von Karl-Ludwig Wetzig

112 Seiten,
gebunden mit Schutzumschlag
und Lesebändchen
€ 18,– [D]

ISBN 978-3-86648-193-0